내 걸음은

연둣빛

김 현 순(소정)

서울 출생
서울대학교사범대학부속고등학교 졸업
서강대학교 성서대학 3년 수료(2004)
국립도서관 사서 5년간 근무
삼성생명지점장 발령(1979)
　－23년간 근무 차장으로 퇴임
『수필춘추』수필 등단(2008)
『한국문인』시 등단(2018)
한국문인협회 회원, 과천문인협회 감사, 에세이포레 이사
도봉문협 고문, 선농문학회 회장, 과천수수회 회장
계간문예 이사, 수필춘추 회원, 새한국문학회 회원

수상
수필춘추문학대상(2014)
한국예총과천지회 예술문화상(2017)
에세이포레 2018작품상(2019)

저서
≪당신은 꿈만큼 성공할 수 있다≫(1997)
소정 수필집1 ≪나목의 길≫(2014)
소정 수필집2 ≪내 걸음은 연둣빛≫

email: agada3214@hanmail.net

내 걸음은 연둣빛

김현순 수필집

선우미디어 sunwoomedia

글 문을 열며

두 번째 수필집 ≪내 걸음은 연둣빛≫의 탄생이다.

표현하는 인생은 아름답다고 했던가. 표현은 삶이다. 이제 차곡차곡 6년을 키워서 상재한다. 나를 돌아보고 이웃을 보며 많은 삶의 형태 속에서 나의 색깔을 만드느라 긴 세월을 살아왔다. 내가 키운 '사랑의 열매'를 세상에 내 놓으며 조금은 두렵다. 세상이 이 사랑의 열매를 얼마나 환영할지 조심스럽다.

고희를 맞으며 등단할 때는 용기가 없었다. 두렵고 늦은 나이라 시작이 남사스럽기도 했다. 자기 나이를 잊고 욕심을 부린다고 하지 않을까 걱정이었다. 그래도 새로운 나를 다시 만들려고 조용히 노력을 했다. 아름다운 백조가 우아하게 물 위에 떠 있는 것 같아도 수없이 발을 움직이고 있는 것처럼….

지루함도 모르고 매일을 새로운 바람으로, 온 가슴을 '배우는 학생'으로 즐겁게 공부했다. '왕언니'의 나이를 잊은 채 젊은 문우들 속에 동화되어 살아왔다. 마치 내가 그들의 오랜 친구인 양…. 앞으로도 계속 그 속에서 성장할 거다.

사 남매를 낳아 아이들의 선택에 따라 대학과 대학원, 유학을 보내고, 결혼시켜 손주 일곱 명을 선물 받았다. 귀하고 보배로운 15명의 2세와 3세가 내 전 재산이다. 내 자존감이다. 대학을 졸업하고 사회에 진출한 손주가 세 명이다. 아직 대학생이 셋이고 이제 막내가 내년에 대학을 간다. 이 근엄한 보배들 앞에 당당한 엄마로 할머니로 사느라 나는 아직까지 팔십이 넘어도 '학생'이다. 이렇게 살도록 기를 주는 나의 보배, 나의 분신들.

이제부터 또 다시 새로운 장이다. 새 삶을 다시 시작한다. 내 인생의 새 글을 쓰기 위해 출발한다. 봄의 새싹 같은 후반기의 인생을 기쁜 마음으로 연다. 칙칙한 인생은 싫다. 희망을

갖고 간결하고 밝은 빛의 마음을 가득 안고 살고 싶다. 행복은
자기 자신을 사랑할 줄 아는 사람들에게만 주어진 은혜의 선물
이다. 내 걸음은 연둣빛이다.

   그동안 저를 키우시느라 애쓰신 세 분의 은사님께 깊은 감사
를 드립니다. 걸음마부터 키워주신 이현복 교수님과 열정이
넘치시는 이경은 선생님, 평론가이시며 수필의 대가이신 한상
렬 교수님께 진심으로 감사드립니다. 늘 만나면 반갑고 혈육
같은 많은 문우들께 깊은 애정을 보내며, 선우미디어 이선우
대표님의 정성어린 수고에 큰절을 올립니다.
   문학계의 대선배 내 동생 김예나 소설가(84년 등단)에게도
늘 사려 깊은 배려와 독려에 혈육의 고마운 마음을 보냅니다.
사랑합니다.

2020 늦여름

소정 김현순

차례

이름의 향기

　이름은 자라면서 많은 사람들이 호칭으로 불러주면 바로 그가 점점 만들어지는 것 같다. 어릴 적에 그, 클 때의 그, 어른이 되어서 이름과 그가 하나의 인격체로 굳어간다. 한번 지은 이름은 대부분 일생동안 그 사람의 간판이고 생명줄이다. 자기를 증명하고 세상을 살아가는 수단의 하나이다.

　인간은 처음 이름을 받을 때는 무채색에 가깝지만 세파에 부대껴 살다 보면 헤일 수도 없는 다양한 색깔로 채색이 될 수도 있다. 어떻게 사느냐에 따라 그 운명이 바뀐다. 어느 이름이든 자기가 갈고닦아 빛나는 '나' 라는 하나의 인격체를 만들어 가는 것이 아닐까.

늠금 파는 두 소녀

극장 안에 느닷없이 전깃불이 나갔다. 순간 괴괴한 분위기가 감돌았다. 조금 있더니 누가 시작했는지 휘파람 소리가 휙휙 요란스러웠다. 여기저기서 고함소리도 터져 나왔다. 하지만 극장 측에서는 아무런 반응이 없었다.

그렇게 십여 분이 지나갔다. 그제야 한 남자가 나와서 다급한 목소리로 외쳤다.

"다들 빨리 나가세요. 나라에 큰일이 났습니다. 전쟁이 터졌어요."

아무도 그 말의 진의를 파악할 수 없었다. 극장 안은 괴괴했다.

"빨리 나가자. 전쟁이면 다 죽는다."

누군가 큰소리로 외쳤다. 깜깜한 극장 안은 순식간에 아수라장이 되었다. 나는 가지고 있던 긴 우산을 부둥켜안고 출구를 향해 죽어라 뛰었다. 하마터면 넘어져서 그냥 밑으로 깔릴뻔했다.

밖으로 나오니 별세계가 펼쳐져 있었다. 불과 두어 시간 사이에 세상이 달라져 있었다. 아직도 비는 부슬부슬 내리고 있었다. 군인들을 가득히 실은 대형 트럭이 줄지어 달리는 게 눈에 들어왔다. 어느새 준비했는지 태극기를 흔들며 그들을 향해 구호를 외치는 이들도 있었다. 지시하는 사람도 없었지만 모두들 절규하듯 소리쳤다.

"이기고 돌아와요. 대한민국 만세!"

나는 겁이 나고 무서워 우산도 쓰지 않고 울면서 집을 향해 뛰었다. 그동안 집이 없어졌으면 어쩔까. 엄마를 잃어버렸으면, 식구들을 못 만나면, 눈앞이 캄캄했다.

1950년 6월 25일 아침나절의 일이다. 그날은 일요일이었다. 학교에서 〈귀신의 집〉이라는 연극을 단체로 관람하려고 성북구 돈암동에 있는 극장에서 관람을 하고 있는 시간에 벌어진 일이었다. 거리에는 이미 피난 보따리를 들고 나선 사람들로

북적였다. 땀과 눈물이 빗물처럼 흘러내려 범벅이 되어 겨우 집에 도착했다. 온 식구가 얼싸안고 반가움에 통곡을 했다. 이렇게 70년 전 민족의 피나는 전쟁은 시작되었다.

긴급 가족회의를 했다. 어떻게 할 것인가, 피난을? 집에서? 일단 집에서 사태를 주시하고 다시 결정하기로 했다. 큰 김장 독들을 마당에 묻고 갖고 있던 쌀 세 가마니를 넣었다. 겉에는 나무를 옮겨 화단을 다시 만들었다. 그리고는 밤마다 아버지와 오빠들이 마루 밑을 파서 방공호를 만들었다. 은신처에 가마니로 바닥을 깔고 겉에는 큰 댓돌을 놓아 속을 가렸다. 작은 트랜지스터라디오를 준비하여 전쟁 상황을 들어 이웃들의 통신망이 되었다. 어린 동생과 나는 무서웠지만 적지 아니 신도 났다. 모험 만화를 보는 기분이었다. 덩달아 스릴마저 있었다. 전세는 점점 나빠지는 듯하였다. 두 오빠와 한창 예쁜 우리 언니가 걱정이라고 했다. 들키면 어디로 끌려갈지 모르는 판국이었다. 그래서 부모님은 안절부절못하였다.

학교는 휴교령이 내렸다. 동생과 나는 숙제도 없는 방학이라 한가로운 시간이 마냥 즐거웠다. 자칫 밖에 나갔다가 무슨 사단이 날지 모르는 판국이었다. 다락방에 올라가 뒹굴다가 문득 좋은 생각이 떠올랐다. 다락에는 별사탕이 들어 있는 큰

상자가 있었다. 평소 엄마가 한 번에 주지 않고 조금씩 주던 생각이 났다. 친척이 하는 공장에서 우리 집에 선물로 준 것이었다. 나는 동생과 모의를 했다. 이것을 팔아서 장사 밑천을 만들자고 의기투합이 되었다. 동생과 함께 이리저리 장소를 탐색해 적당한 곳을 발견했다.

어떻게 그런 용기를 냈는지 모를 일이었다. 그런데 의외로 반응이 좋았다. 한 박스 가득한 것이 모두 팔렸다. 가격을 모르니 아주 싸게 팔았다. 동생과 나는 신명이 났다. 비밀을 가진 설렘도 없지 않았다. 그 돈으로 능금을 사서 팔기로 했다. 그때는 '자하문' 밖 능금 밭이 유명했다. 사 오는 것은 내 몫이었다. 이렇게 벌인 장사는 몇 행보를 하여 꽤 많은 돈을 모으게 되었다.

동생과 나는 행복했다. 좌판을 동생에게 맡기고 능금을 사러 갔다 오면 여리게 자란 동생은 개시도 못하고 풀이 죽어 있었다. 어쩌다 개시라도 하면 그 얼굴에 웃음이 가득했다. 그런데 이상하게 내가 오면 삽시간에 능금이 모두 팔렸다. 우리는 점점 부자가 되었다. 우리의 목표는 엄마께 목돈을 만들어 내놓는 거였다. 전쟁의 상황이 나쁜 것 같지만, 우리는 크게 걱정 없이 은근히 신까지 났다.

꼬리가 길면 밟힌다 했던가. 어느 날 드디어 들통이 나 부모님과 식구들에게 호되게 혼줄이 났다. 하지만 내가 최초로 이 세상에서 사업가의 기질이 있음을 발견하는 기회였다. 모아 놓은 돈을 내놓으니 모든 식구가 큰 액수에 놀랐다.

전쟁은 점점 치열해져 엎치락뒤치락 반복했다. 국민들이 감당하기엔 너무나도 어려운 세상이 되어 갔다. 1·4후퇴 때 많은 피난민이 함께 몰려, 온통 길은 인산인해였다. 차가 움직이는 것도 힘든 상황이었다. 중요한 짐을 꾸려 여주 이천 외갓집으로 가는 도중 더 이상 차로 갈 수가 없어, 경기도 광주 어느 과수원집에다 돈을 주고 짐을 맡겼다. 온 식구가 걸어서 갔다. 밤에 쉴 곳을 찾았지만 마땅한 곳이 없었다. 간신히 어느 집 광을 빌렸다. 추워서 손이 덜덜 떨릴 정도였지만 조그만 모닥불을 피우고 엄마는 우리를 안아서 재워주었다.

아침에 내 딴에는 엄마를 도울 마음으로 준비해 간 반찬을 놓다가 손이 곱아서 그만 흙바닥에 전부 쏟았다. 엄마는 울상이 된 나의 손을 비벼주며 안심을 시켰다. 다시 주워 담을 수가 없어 외갓집에 도착하는 동안 거의 맨밥을 먹으며 이틀을 살았다. 무참하고 부끄러웠던 마음은 오랫동안 사라지지 않았다. 그래도 그 절박한 순간에 누구도 상처가 되는 말 한마디도 하지 않았다. 그때 심한 질타를 당했더라면 아마도 나는 정서적으로 불안한 아이로 자라지 않았을까. 그 후로 가족이란 믿고 의지하고 사랑하며 가장 가까운 관계라는 것을 깊이 가슴에 새겼다.

우리 자매는 초·중·고등학교까지 나란히 같은 학교에 다녔다. 취향도 비슷하고 성품도 비슷했다. 피난 가서 다닌 학교 행사의 하나로 주기적으로 군인들에게 위문편지를 써서 보내곤 했다. 우리는 늘 대필하느라고 교무실에 불려가 늦은 시간까지 변별력이 없는 편지를 수십 통씩 쓰곤 했다.

중학교 때부터 동생은 문학소녀였다. 앞집에 사는 동갑내기 남학생에게 편지 형식으로 일기를 하루도 빼놓지 않고 썼다. 노트 몇 권이 쌓였다. 물론 그에게 보내지도 않고 당사자도 전혀 모르는 일이었다. 커서도 우린 거의 다툼이 없는 배려 속에 형제의 애를 다짐하며 지금까지 살아오고 있다.

"행복의 비밀은 좋아하는 일을 하는 것만 아니라, 자신이 하는 일을 좋아하는 것이다."라고 했던가. 전쟁 중에 우린 상상도 못할 장사를 했다. 한 번의 경험도 없으면서 급변한 상황 안에 무어라도 집에 도움이 되려고 용기를 낸 것은 전쟁이 준 가족애가 아니었을까.

능금 장사를 하면서 훗날 큰 사업가가 되겠다는 나와는 달리 그 체질이 아님을 통감한 동생은 글쓰기를 열심히 했다. 대학 때, 학보사 기자로 바쁜 4년을 기쁘게 살았다. 삼 남매를 낳고 「월간문학」에 소설로 등단을 했다. 지금은 어엿한 중견작가로 활동하고 있다. 나는 그때의 투지력으로 30여 년을 영업부 수장으로 근무를 마치고, 늦깎이 수필가로 등단하여 두 번째 책을 상재하기 위해 바쁜 날을 보낸다.

삶이란 잘 포장되어 주어지지 않아도 여전히 하나의 선물이다. 매일 뜨는 태양이지만 나는 그날들을 잊을 수가 없다. 한국전쟁이 일어난 그때, 우리 형제가 어른들 모르게 손을 잡고 했던 그 사업은 일생을 좌우하는 기력을 주었다. 전쟁은 곧 끝나리라고 하던 어른들의 말은 어긋나 아직도 우린 전쟁의 그늘 속에 70년을 살고 있다.

통일이 된다는 것은 아직도 요원한 일인가. 무언가 열리는 듯하다가, 다시 캄캄한 터널 속으로 들어가는 많은 사연이 쌓여가며 공회전을 거듭한다. 엇갈린 이념 속에 같은 길을 갈 수 있는 광명이 비치는 길은 정말로 찾기가 힘든 것인가 답답한 가슴이 무겁다.

1950년 6월 25일, 그날은 부슬비가 내리고 있었다. 10대의 내가 80대가 되어도 통일은 보이지가 않는다. 얼마나 더 기다려야 하는지…

능금 팔던 두 소녀는 80대 할머니가 되어 오늘도 새벽에 일어나 글을 쓰느라 늙을 틈이 없다.

천사의 손길

　차는 지리산 끝자락으로 달린다. 큰아들이 둥지를 튼 산청으로 모처럼 떠나는 가족 여행이다. 각자의 차로 떠나 산청에서 만나기로 했다. 나는 지난밤에 작은 딸네로 와 이른 시간에 같이 가는 중이다.

　망향휴게소에서 잠시 쉬기로 했다. 새벽인데도 주차장에 차가 많았다. 딸과 함께 작은 손가방을 들고 화장실을 들른 후 간단히 아침식사와 커피를 마시고 다시 떠났다. 삼십 분쯤 지나서였을까. 달리는 창밖을 내다보다가 갑자기 머릿속이 하얗게 되었다. 내 옆에 당연히 있어야 할 손가방이 없었다. 온 전신에 맥이 쭉 빠지며 숨이 막혔다

"내 가방이 없어."

간신히 신음하듯 말했다. 딸네 부부는 몹시 놀라더니 곧 침착한 모습이다.

"엄마, 괜찮아. 찾을 수 있어. 걱정 마."

"여보, 빨리 망향휴게소에 전화해."

순간, 나는 휴게소에 전화한들 무슨 소용이 있을까 하는 생각이 들었다. 진땀이 흐른다. 전화벨은 공허하게 울리고 받는 사람이 없다. 몇 번을 하다가 겨우 상황보고를 했다. 내가 들어갔던 화장실 위치를 생각나는 대로 자세히 알려 주었다. 사위는 고속도로에서 나갈 길을 향해 달린다.

여행길에 이런 실수는 처음이다. 언제나 내가 준비하는 가방은 3개다. 옷을 넣은 큰 가방, 수시로 필요한 것들은 조금 큰 손가방, 가장 중요한 여권과 현금, 카드 등은 긴 줄이 있는 작은 가방에 넣어 꼭 크로스로 메고 다닌다. 그런데 오늘은 이 규칙을 어겼다. 가족끼리니까 긴장을 덜 한 듯하다. 나의 분신이나 다름없는 가방을 화장실에 걸어 둔 채 그냥 나와 긴 시간을 까맣게 잊고 있었다.

휴게소에서는 20분이 지나도 연락이 없다. 딸은 뒷자리에 앉아 있는 내가 걱정되는지 연신 눈길을 주었다. 느닷없이 다가온 이 일은 무슨 의미가 있을까. 무심코 살아온 일상에 따끔한 깨달음을 주는 메시지가 아닐까. 지나온 많은 것에 고해성사를 보듯 용서를 빌었다. 어떤 결과가 오든 이제 마음을 내려놓게 해 달라고 기도했다. 그래도 머리로는 가방 속을 헤맸다. 꼭 나와 함께 있어야 할 것이 나를 떠났을 때 오는 감정을 무어라 표현할 수 있을까. 딸의 핸드폰이 울린다. 망향휴게소이다.

"미키마우스 백인가요?"

"네, 맞아요. 우리 엄마 가방이에요. 있다고요? 바로 갈게요."

믿기 어려운 일이었다. 이 놀라운 사실에 어리둥절한 내 모습이 되레 낯설다. 느닷없이 뜨거운 눈물이 흘렀다. 감사의 기도가 절로 나왔다. 차는 국도로 접어들어 '망향 종합안내소'를 향해 달린다. 축지법을 쓴 듯이 왔다. 사위가 내리는 딸에게 무엇인가를 은밀하게 준다. 찾아 준 그분들에게 음료수라도 대접하라는 모양이다. 꼼꼼한 배려에 가슴이 울컥한다. 안내소는 바로 찾았다. 나의 신상을 묻고 가방 속에 무엇이 들어 있는지, 그 내용물을 말해 보란다. 내 사인을 받고 가방을 내어 주었다. 그들은 참으로 친절했다. 얼마나 놀랐냐고 걱정스러운 눈으로 위로하며 시원한 물 두 병을 준다. 꿈같은 일이었다. 고마움에 사례를 하려 했더니 손사래를 치며 막무가내다.

가방은 자기들이 찾은 것이 아니라고 말했다. 어느 분이 가지고 와서 본인을 찾아 주라고 맡겼단다. 그분의 연락처를 달라 하니 아무것도 남긴 것이 없다고 했다.

안내원들이 차 한 잔조차도 사양해서 마음의 답으로 그 자리에서 그들 사이트에 들어가 '칭찬 메시지'를 남겼다. 물건을 찾았다는 기쁨도 컸지만 안내원들과 얼굴도 모르는 그 천사 같은 분에게 뜨거운 감사가 절로 나왔다. 딸과 사위의 침착한 대처도 감동이 컸다. 우리나라 국민들의 의식 수준이 이렇게 높아졌다니 놀라웠다. 솔직히 가방이 돌아와도 내용물의 손실은 각오했다. 그 속에는 현금이 제법 있었다. 아들이 직접 설계하고 지은 집에 보탤 내게는 거금인 돈이 고스란히 들어 있었다. 그들에게 전하려는 엄마의 마음이 손실 없이 고스란히 돌아왔다.

영혼이 아름다운 이름도 모르는 그분, 따뜻한 고마움을 내 가슴에 가득 실어 주고 갔다. 나에게 좋은 일과 봉사를 많이 하며 살라는 교훈을 안겨준 듯하다.

맑게 내려 쪼이는 햇볕으로 창공은 환희로 가득하다. 나는 방금 절망의 늪을 지나 기쁨으로 가득 찬 대기로 진입한 행운아였다.

따뜻한 천사의 손길을 느낀다.

나를 어디에 두었나

미사가 시작되어 20분쯤 지났을 때였다. 갑자기 한 생각이 회오리바람이 되어 내 머리를 치고 갔다. 어쩌나! 커피포트. 플러그를 꽂은 채 나온 것이다. 남은 커피가 한 잔 정도인데. 아침에 나오기 전에 잘 살펴보았지만 막상 현관을 나올 때는 까맣게 잊었다.

조바심 속에서도 계속 기도를 했다. 미사 후는 제일 먼저 성당을 뛰쳐나왔다. 다행히 타기 직전에 도착했다. 딸이 듣더니 타이머를 주면서 주방에서는 늘 함께 가지고 있으라 한다. 이런 일이 있은 후부터는 치매에 관한 책도 보고 카톡이나 메시지로 들어오는 정보를 자세히 읽는다.

며칠을 치매에 대한 공포로 우울하게 지냈다. 신경외과를 찾았다. 몇 가지 검진과 문진을 했다. 결과는 나이와 함께 오는 자연스러운 현상이란다. 오히려 나이보다 정신적으로는 훨씬 젊은 편이라며 안심해도 된다는 의사의 말이다.

〈스틸 앨리스 Still Alice〉 영화를 보았다.

"기억은 사라져도 나는 여전히 살아갑니다."

세 아이의 엄마, 유명 의사인 남편, 사랑스러운 아내, 존경받는 하버드 대학 언어학 교수로서 행복한 삶을 살던 '앨리스'(줄리안 무어). 뉴욕타임스에 40주간이나 베스트셀러를 기록한 실화를 바탕으로 한 원작 영화다. 감동을 더 하는 섬세한 연출, 아름다운 영상, 깊은 여운의 음악, 모두가 특별한 느낌을 주었다.

어느 날, 앨리스는 자신이 희귀성 알츠하이머에 걸렸다는 사실을 알게 된다. 가족에게도 유전적인 인자가 있어 온 가족이 검사까지 받는다. 그의 친아버지가 그랬고 그의 막내딸 역시 그 인자를 가지고 있음이 발견되었다. 행복했던 추억, 사랑하는 사람까지도 모두 잊어버릴 수 있다는 사실에 절망적인 두려움에 흐느낀다.

그가 가지고 있던 수많은 지식이 매일매일 날아가 버린다는 사실에 절규한다. 강의 도중, 언어학 교수가 단어 한 마디가 끝까지 생각이 나지 않아 미친 듯이 강의실을 뛰쳐나온다. 그래도 소중한 시간들 앞에 온전한 자신으로 남기 위해 당당히 맞서기로 결심한다. 하지만 깊어가는 증세는 빠른 속도로 진행된다. 정신이 더 혼미해지기 전에 주변을 정리하고 가족들과의 추억도 만든다. 마지막 순간에 자신의 삶을 스스로 마감하도록 확실한 방법까지 준비했지만 끝내 실패한 앨리스, 삼남매의 효심과 정성 어린 남편의 눈물겨운 사랑은 가슴을 아리게 한다.

〈스틸 앨리스〉는 참 격조 있는 이야기다. 인간의 품위를 마지막까지 움켜쥐고 천천히 세상으로부터 사라져 가는, 아직도 지구 도처에서 제 목숨의 안위만을 끌어안고 전전긍긍하는 숱한 범인(凡人)들에게 삶의 진수와 진정한 웰다잉을 보여준 참 잘 만든 영화다.

눈물을 강요하는 최루탄 영화도 아니다. 삶 속에서 어찌해도 피해 갈 수 없는 막다른 골목을 여유가 보이는 슬기로운 모습으로 헤쳐 나가는 자세가 마음에 들었다. 며칠 동안 〈스틸 앨리스〉는 내 뇌리에서 떠나질 않았다.

21세기 첨단 의학으로도 치료가 불가능하다는 치매, 누구나 서른여덟 살이면 이미 두뇌에서는 시작이 된다고 한다. 다만 사람마다 대처 능력에 따라 다르게 나타나고 있을 뿐이다. 가슴 아픈 저지레를 하면서 자신이 누구인지도 모르는 채 죽어가는 무서운 병.

노년이 많이 길어졌다. 길게 사는 것이 문제가 아니라 어떻게 사느냐가 문제다. 여생을 사랑하는 가족들과 나를 사랑하는 이들에게 아픔을 주지 않고 살다가 가야 할 텐데….

"지금 내가 나일 수 있는 마지막 시간이라는 느낌이 오면 차분하게 나를 정리하리라."는 엘리스의 대사가 생각난다. 일생을 피나게 노력하여 쌓아 올린 나를 도둑맞는 치매, 그 무서운 굴레를 벗어나 미소 지으며 살아 있음에 감사하는 오늘이 늘 있었으면….

늦은 밤, 헬리콥터 한 대가 무거운 어둠을 뚫고 어디론가 떠가는 소리가 아련히 들린다. 무엇을 찾아가는 걸까. 혹시 나를 어디에 두었나, 찾아다니는 내 꼴을 상상하니 싸늘한 전율이 온다.

내
걸음은
연둣빛

새해 새 아침의 의미는 '새 출발'이다. 시간의 흐름을 구분하여 나눈 것은 인간의 탁월함이 돋보이는 대목이다. 일 년을 열두 달로, 다시 한 달을 수십의 날[日]수로 쪼개었다. 그리고 어제와 오늘, 작년과 올해로 이름 붙여 옛것들과 구분시키고, 새롭게 출발하도록 만들었다. 어제에서 불과 0.0001초가 지난 지금은 오늘이고, 새해다.

오랜만에 내 자동차 문을 열었다. 돌보지도 않고 타지 않았던 차다. 운전대에 앉아 눈을 감았다. 마음이 평온해왔다. 20여 년을 함께 살아 왔으니 지금 내가 화살같이 빠른 세월에 매달려 끌려가는 심정을 알려나.

과천시청 여권과에 여권 갱신 신청을 하러 갔다.

"몇 년으로 해 드릴까요?" 순간 무언가 가슴을 탁 치는 듯했다.

"글쎄, 몇 년이 있는데요?"

"5년, 10년이 있어요."

"그럼, 당연히 10년으로 해야죠."

호기 있게 대답을 했다. 어쩌면 허세다. 머뭇거리지도 않고 어떤 오기가 치올랐다. 이게 무슨 심사일까. 당연한 질문이다. 하지만 듣는 순간 내게인지 세월에겐지 알 수 없는 슬픔 같은 화가 밀려왔다. 해맑은 얼굴을 한 사무원의 눈길에서 다소 의아한 표정이 스쳐갔다.

어느새 이렇듯 많은 세월이 흘렀는가. 100세 시대라 하지만 그 대열에 끼려면 현재의 나의 건강과 나이로는 과욕일 것이다. 하지만 나는 10년 만기로 신청을 했다. 분명 그건 표현키 어려운 오기였다.

지구는 정확하게 자전과 공전을 한다. 변할 수 없는 진리다. 무슨 수로 거스르랴. 모든 것을 내려놓으라는 귀띔이 나를 다독이는 듯하다. 그러나 또 다른 마음이 나를 흔든다. 아니야,

아직은 일러. 당신은 지금 같은 마음으로 살면 그건 오기가 아니라 당연한 외침이야.

곱게 늙어가는 이를 보면 그 모습만으로도 환희의 선물을 받는 것 같다. 늙음 속에 새로움이 있어 보인다. '늙음' 과 '낡음'은 글자로 불과 한 획의 차이지만 품은 뜻은 사뭇 다르다. 낡음은 늙음과 관계없이 스스로를 포기하여 죽음을 향해 가는 행위다. 몸은 늙어도 마음을 쉼 없이 갈고 닦는 이도 있다. 가치 있는 늙음이다. 익어 향기를 품는 과일처럼, 농익어 향기로운 삶이다. 내 젊은 날엔 멋모르고 날뛴 적이 많았다. 어설픈 나이의 미숙함보다야 원숙해진 자태로 거듭나는, 깨단함이 있는 노년의 삶이 더 아름다울 수도 있겠다는 희망을 가져 본다. 세월이 흐를수록 얻게 되는 것도 많다. 그 중 한 가지는, 사람들을 죽음에 이르게 하는 것이 외로움이라는 사실이다. 삶 안의 독(毒)이랄까. 지혜는 머리로 아는 지식과 자기를 비우는 가슴의 조화에서 발현된다지 않던가. 어느 신학자는 "고독은 혼자 있는 즐거움이다."라고 했다. 이 고독을 어떻게 긍정적으로 활용하는가는 본인의 슬기로움에 달렸다.

나는 고독을 두려워하지 않는다. 스스로 일 찾기를 즐기며, 찾아낸 일은 최선을 다해 부지런히 하려고 애쓴다. 아침 5시에 일어나 5시 30분이면 집을 나선다. 새벽 미사를 드리려고 걸어서 성당으로 간다. 요일마다 계획을 짜서 일주일에 세 번씩 공부를 이어가고 있는 것도 소소한 즐거움이다. 수필을 쓰고 책을 읽고 성가대에서 열심히 성가연습을 한다.

내 스스로 행복해지려고도 애쓴다. 아무도 나보다 더 나를 행복하게 할 수는 없다. 행복은 여기저기에 널려 있는 것이 아니다. 먼산바라기로 얻을 수 있는 것도 아니다. 바로 내 안에 있다. 숨 쉬고 있는 오늘, 지금하고 있는 일, 현재 보내고 있는 이 시간, 그 순간순간이 즐거울 때 찾아오는 것일 게다. 나이라는 숫자로 오는 강박관념에서도 자유로워지려고 한다. 그리하여 과욕에서 벗어나, 다가오는 시간을 간결하고 고요한 삶으로 채워 갈 수 있었으면 좋겠다. 원숙을 향해 가는 '지금 이대로의 나'를 보배롭게 내 가슴에 끌어 보듬어 안는다.

오늘은 수필 공부하러 가는 날, 아파트 화단에 연둣빛이 돈다. 겨우내 말라 있던 수국(水菊)의 강마른 가지에 연두 잎을 틔우고서 나를 쳐다본다. 새 봄, 내 걸음도 연둣빛이다.

녹슨 종소리는 바람에 날리고

정적만 흐르는 교정에는 학생이 없다.

철봉 틀은 부서지고 다 찌그러진 미끄럼틀은 흔적만 남아있다. 아침 조회 단상도 구멍이 뻥 뚫린 채다. 고양이 한 마리가 그 속에서 튀어나와 쏜살같이 도망을 친다.

운동장에 그들먹하던 아이들의 함성은 다 어디로 갔을까. 회색빛으로 변한 학교 운동장에는 잡초만 무성하다. 학교 현관문 기둥에 매달려 있는 빨갛게 녹슨 종이 조는 듯이 매달려 있다. 그때는 종소리와 아이들의 웃음과 재잘거리는 소리로 운동장이 떠들썩했었는데….

운동회 날이면 온 동네 사람들과 함께 잔치는 익어가고, 청군 백군 응원소리가 천지를 흔들었다. '노승산'으로 소풍 가는 날이면 온 동네가 도시락을 싸느라 분주했었다. 이제는 그들도 백발이 성성한 노인으로 어딘가에서 살고 있겠지. 더러는 유명을 달리한 성급한 친구도 있을 게다.

교문에 들어서면 왼편에 위용을 자랑하듯 반듯한 교장선생님의 사택이 있었는데 지금은 초라한 모습으로 작고 낡았다. 누군가가 사는 듯 빨랫줄에 하얀 이불 홑청이 깃발처럼 나부낀다. 사택 앞에 잘생긴 노송은 아직 그대로 있어 솔향기를 뿜어내고 있다. 반갑다.

60여 년 만에 찾아온 내 모교, 경기도 이천시 설성면 설성초등학교의 모습이다. 한없이 넓기만 하던 운동장은 어디 갔나. 크게 보이던 학교 전경은 교실 열 개가 전부다. 반들반들 윤기가 나던 복도는 구멍이 여기저기 나 있고 모질게 질긴 잡풀들이 무성하게 자라고 있다.

미루나무 십여 그루가 우람하게 자랐다. 그들만이 나의 추억이 깃든 옛 터를 지키고 있다. 반가운 마음에 한 아름으로 안아본다. 누가 심었는지 담 밑으로 코스모스와 빨간 맨드라미가 흐드러지게 자라고 있다.

나의 가슴 한 구석에는 늘 감미로운 향기가 나는 모교였다. 총각 담임선생님의 풋풋한 얼굴이 스쳐간다. 가슴이 시려왔다. 아련한 연민이 몰려왔다.

1950년 6·25 한국전쟁 중 1·4 후퇴 때였다. 큰 이모님이 살던 이곳으로 피난을 왔다. 설성초등학교에서 졸업을 했다. 1년간이었지만 내가 자란 고향같이 정이 많이 들었다. 친구도 많아서 피난민의 쓰라린 고통은 전혀 없었다.

오랫동안 잊었던 얼굴 하나가 눈앞에 다가왔다. 유난히 큰 눈에 눈썹이 새까만 귀공자답게 생긴 남자아이, 키가 작아서 동생 같은 친구였다. 그 지역에서는 이름난 토박이 부잣집 아들로 방앗간과 약국집 애였다.

언제나 내 가방은 그 친구가 메고, 몸이 약한 내 동생의 가방은 내가 챙겨 등하교를 같이 했다. 조그마한 동산 길을 걸어서 산딸기, 진달래꽃도 따 먹으면서 무슨 이야기인지는 기억이 없지만 언제나 우린 이야깃거리가 풍부했다. 그가 웃고 있는 모습이 눈에 선하다.

환도를 하여 서울 집으로 돌아왔다. 그도 서울로 와서 중고등학교를 마친 후 약대를 졸업했다. 공부하는 도중, 우리 집에 자주 와서 친하게 지냈다. 변함없는 친구였다. 어느 사이 그는 나와는 달리 나를 이성으로 대했나 보다. 그때 나는 남편과 열애 중이라 그런 그를 멀리하기 시작했다. 친구는 졸업하고 고향으로 돌아가 가업으로 이어온 약국을 개업했다. 한 5년 후, 내가 결혼한 후에 그도 결혼을 했다.

몇 년 후 우울증으로 스스로 목숨을 끊었다는 안타까운 소식을 들었다. 뜻밖의 소식은 내 마음을 몹시 아프게 했다. 무엇이 그를 우울증 환자로 죽음까지 몰아갔을까. 그의 우울증의 원인 제공자가 혹시 나인가. 결혼 전까지 많은 세월을 내 생일이나 성탄절에 또는 수시로 정성이 담긴 선물을 했다. 하지만 한 번도 그는 나에게 이성이 아니었다. 어린 시절 친구로 생각할 뿐이었는데….

이 작은 폐교는 어릴 때 우리의 꿈을 키워 온 텃밭이다. 머지 않아 다시 수많은 꽃들이 피겠지. 순수하고 아름다운 짝사랑을 했던 나의 꼬마친구, 그의 까맣고 큰 눈이 뚜렷이 보인다. 아직도 살고 있다면 그와의 만남은 얼마나 즐거울까. 아마도 이 지역의 큰 인물로 되었겠지. 저만치에서 그가 웃는 얼굴로 다가오는 실루엣이 보이는 듯하다. 오랜만에 친구의 영혼을 위한 기도를 깊게 한다.

그가 아직도 동심의 인연을 간직하고 있으려나. 하늘에서도 행복하게 살았으면 하는 염원을 담아 미루나무 밑에 조용히 심는다. 코스모스가 잠자리를 부르고 있다. 어디선가 선생님의 손풍금 소리가 들리는 듯하다. 몽당연필을 정성스레 깎아 주던 그 친구가 보고 싶다.

지나가는 바람이 졸고 있는 녹슨 종을 흔들어 깨운다.

유다의 은전 삼십

나는 녀석을 버렸다. 37도를 오르내리는 날, 매정한 이별이었다. 작은 저항의 몸짓도 없었다. 빨간 레커차에 끌려가던 그의 뒷모습이 떠올리면 지금도 가슴이 아리다.

생애에 처음 가져 본 신형 '소나타 3'. 짙은 코발트색의 옷을 입은 그의 모습은 멋졌다. 함께 긴 세월을 보내리란 확신이 들었다. 초보운전 시절에는 두렵기도 했지만 온 세상이 환희로 충만해 행복했다. 녀석은 내 재산목록 1호였다.

그와 만나고 이 년 후, 나의 도마 씨는 먼 나라로 떠났다. 남편은 내가 운전하는 차를 몇 번 타보지도 못했다. 애마가 있어 남편을 잃은 슬픔도 조용히 감출 수 있었다. 자식들 앞에서는 의연한 나였지만, 가슴속 오열과 독백을 군소리 없이 들어주던 그다. 춘천호수로의 일탈, 무작정 떠난 가을 여행, 돌아오는 길목에서 붉게 타오르던 석양에 환호 작약하던 날도, 겨울 바다가 보고 싶어 찾아간 경포대, 한 길이 넘는 눈으로 고생하던 날에도, 〈아라비안의 나이트〉 요술램프의 알라딘처럼 나를 번번이 지켜 주었다. 그의 품은 어느 곳보다도 아늑하여 나의 가장 큰 안식처였다. 든든한 다리였다. 그는 위로자였고 큰 행복이었다. 애마는 둘도 없는 나의 친구였다.

내가 그를 아프게 한 어이없는 일도 있었다. 처음으로 새 차를 사서 신부님께 축성을 받는 날이었다. 나는 운전 실력이 아직 미숙한데도 아들과 토요일에 동행하자는 약속을 깨고 흥분된 마음에 기어이 차를 몰고 성당으로 향했다. 조심조심 주차를 하다가 앞에 있는 재활용 냉장고를 들이받았다. 온몸에 난 상처는 어처구니없는 실수였다. 아무도 모르게 거금을 들여 수리를 했다. 그 후에는 작은 상처는 더러 입혔지만 큰 사고 없이 23년을 동행했다.

이별연습이었던가. 에어컨 바람으로 밖의 온도를 감지하지 못하다가 집을 나선 날이었다. 밖은 용광로 같았다. 그때였다.

타는 듯한 대기 속에 서 있는 그의 모습이 눈에 들어왔다. 폭염 속에 서 있는 게 너무나 애처로웠다. 그리고 표현키 어려운 짜증이 났다. 세월의 흔적인가. 상처투성이의 모습이 눈에 들어왔다. 우린 기껏해야 한 달에 대여섯 번 만날 뿐이었다. 지하주차장이 없는 건천에 두는 내 심정은 늘 애면글면했다. 그후로부터 우리의 이별은 준비된 수순이었다. 마음속으로 수없이 이별 연습을 하며 며칠을 고민했다.

그와 함께 하는 일이 점차 버거웠다. 녹슨 열쇠 구멍은 문을 여는데 애를 먹이는가 하면, 방전이 심하여 '애니콜'이 와야 해결하는 일도 잦았다. 내가 보낸 세월만큼 그도 나이 든 탓인가. 이런저런 아픔을 더는 볼 수가 없었다. 하지만 나와 얽힌 수많은 날들이 되새김이 되어 마음의 결정이 어려웠다. 두세 밤을 더 고민했다. 녀석의 뒷모습은 의연했다. 때를 알고 보내는 아픈 내 마음을 이해하는지….

애마를 내 마음대로 훌쩍 보낸 후, 가슴이 허전하고 서운하면 버릇처럼 놈이 서있던 곳을 찾아 눈물을 찔끔거리곤 했다. 근래에는 잘 이용도 못했는데 녀석이 없으니 필요한 일이 심심치 않게 생겼다. 많이 불편하고 아쉬웠다. 오래도록 함께 하기로 한 철석같은 약속을 어기고 떠밀듯이 보낸 게 죄스러웠다.

왕자 같던 위풍은 어디 가고 수많은 흔적들이 꾀죄죄 하게 달라붙은 모습이 나를 아프게 했다. 곧 닥쳐올 미래의 나의 모습이 보였기 때문인지도 모른다. 나도 더 늙으면 저 꼴이 되겠구나 하는 생각이 화들짝 들었다. 노쇠한 몸으로 사고를 당하기 전에 내가 보내야겠다는 결심을 했다.

그와 이별 후, 양심의 호소하는 자기변호를 독백처럼 자주 뇌었다. 사람은 의학적으로 치유할 수 없는 지경이면 자연사로 이 세상을 대개는 떠난다. 차는 주인의 의사로 처리할 수 있다는 게 다행이라고 나를 합리화시켜 갔다. 그래도 편안치 않았다. 마지막 그가 서 있던 곳에 작은 꽃 몇 송이를 놓고 마음속으로 용서를 빌었다. 소용없는 일이겠지만 그렇게라도 해야 나를 면죄할 수 있을 것만 같아서였다.

그를 보내고 반년이 지났건만 아직도 마음이 편치가 않다. 녀석이 간 후 삼 일째 되는 날, 정부에서 적은 액수의 보상금이 도착했다. 나에게 그리도 충직했던 애마를 팔아넘긴 것 같아 많이 괴로웠다.

유다가 예수님을 팔아넘기고 받은 '은전 삼십'이 떠올랐다.

그날도 함박눈이 내렸다

우리 집 대문 앞에서 그가 말했다.

"집에 들어가서 만약에 눈이 오면 다시 만나자."

"오늘?"

한 시간쯤 지나서 거짓말같이 눈이 펑펑 쏟아졌다. 신기하기도 하고 만난다는 설렘이 크게 다가왔다. 우린 다시 만났다.

그 겨울은 참 따뜻했다. 그래서인가. 눈이 아주 인색했다. 둘은 첫눈을 많이 기다렸다. 소담스러운 눈을 맞으며 불광동 근처 서오릉 길을 걸었다. 그의 코트 주머니에 같이 손을 넣고 걷다 보니 하얀 눈사람으로 점점 닮아갔다.

주변에는 논과 밭이 이어졌다. 상가도 없고 인가도 없는 허허벌판이었다. 추수를 끝낸 지 한참 지난 벌판이 눈으로 가득 차 바다를 걷는 듯한 착각이 일었다. 움직이는 건 두 사람뿐, 차도 없는 그 길을 얼마를 걸었는지 우리는 완전히 걸어 다니는 눈사람이었다. 대화도 없이 그저 묵묵히 걷고 또 걸었다. 온 세상이 눈으로 덮인 신세계였다. 그 위에 팔을 벌리고 누워서 내리는 눈을 입을 벌려 받아먹으며 즐거워했다. 동심으로 돌아가 눈싸움도 했던가. 추위도 잊어 발이 꽁꽁 얼어 왔다. 차츰 감각조차 없어져 길을 걸을 수가 없었다. 그가 주저앉아 나의 발을 호호 불며 두 손으로 비게질을 하기 시작했다. 온기를 잃었던 내 발에 따뜻한 혈이 돌아왔다. 차츰 내리는 눈의 기세가 꺾이는 듯하더니 어느덧 시나브로 멎었다.

놀라운 일이 벌어졌다. 푸른빛의 둥근달이 어느 결에 솟아 있었다. 눈이 시리도록 창백한 푸른 달빛이 그의 넓은 등을 비추었다. 누가 먼저랄 것도 없이 환호성을 지르며 깊은 포옹을 했다. 은빛 대지 위에 푸른 달빛을 조명 삼은 신비로운 세계였다.

일 년 후, 우리는 어려움을 끝내고 결혼했다. 7년 2개월 연애의 긴 여정을 마쳤다. 사 남매를 낳고 열심히 키우고 보살폈다. 모두 결혼을 시켜 손주 일곱 명의 할머니 할아버지가 되었다. 내 직계 가족이 둘에서 15명으로 늘어났다. 아웅다웅하며 34년을 살았다.

그가 떠난 지 오늘이 23년째 되는 날이다. 아침 6시에 성당에서 미사를 드렸다. 미사 후 따뜻한 차를 마시며 남편과의 이별의 날을 반추한다.

그날은 아침부터 날씨가 무겁게 흐렸다. 바람이 불어 나무들이 산란한 춤을 추었다. 병실 앞에 창문 밖 나무에는 몇 잎 안 되는 잎사귀들이 떨어지지 않으려 안간힘을 쓰고 있었다. 불현듯 저 잎이 다 떨어지면 나의 남편 도마 씨가 갈지도 몰라 하는 불안이 다가왔다. 절절한 기도를 했다. 눈이 오기 시작했다. 순식간에 함박눈이 되어 창 앞 나무조차 볼 수 없게 시야를 막았다.

간암 판정 2년 만에 그 새벽, 그는 함박눈 속으로 영원히 내 곁을 떠났다. 그날, 마지막 유언을 남기고…. 나를 기쁘게 해 주겠다는 약속들이 아직도 많이 남았는데 혼자 떠난 그를 용서할 수가 없었다. 떠난 자리가 너무 커서 몸무게가 7kg나 빠졌다.

결혼 전, 부모님은 남편과의 결혼을 반대했다. 신랑으로는 마음에 들지만 홀어머니의 장남에다 종갓집 맏이라는 이유로. 나도 몇 번을 도망치기도 했지만 그는 큰 바위같이 움직이지 않고 변함없는 자세로, 그 자리에서 나를 기다려 주었다. 숙명이었을까. 아니, 운명이었는지도 모른다. 끝내 부모님의 승낙을 받았다. 자식 이기는 부모는 없었던 모양이다.

어머니는 육 남매의 막내로 고이 자라서 아버지와 결혼을 했다. 종가댁 맏이로 작은 체구에 무척이나 힘들게 사셨다. 고생을 많이 한 어머니는 딸들은 절대로 지차(之次)에게 보낸다는 마음을 단단히 하셨나 보다. 언니마저 종갓집으로 출가했다. 어머니의 의지는 더욱 투철해졌다. 가운데 딸인 나에게는 요지부동이었다. 이상하게도 막냇동생까지 무녀독남 외아들과 결혼을 했다.

그가 없는 세상은 추웠다. 아옹다옹 싸울 때도 있었지만 방이 너무 넓었다. 세상을 배우러 여행도 많이 다녔다. 홀로서기에 차차 길들여 갔다.

지금도 나의 삶의 여백에 그려질 꿈이 있다. 삶이 녹슬지 않게 하려고 날마다 다양하게 배우며 산다. 두려워할 것은 늙음이나 죽음이 아니다. 녹슨 삶이다. 고인 물은 썩듯이 시대에 따라 자신이 변하지 않으면 안 된다는 생각이다. 영혼의 고운 색깔을 잃지 않게 하는 것이 내 희망이자 꿈이다. 꿈꾸는 사람만이 삶의 주인이 될 수 있다고 나는 믿기 때문이다.

고왔던 그때가 까마득하다. 먼저 간 남편은 그때 그 얼굴이겠지만, 내 모습엔 세상 풍파의 흔적이 역력하다. 이다음 그런 나를 그가 알아볼까 싶다. 언젠가 그가 닦아놓은 길에 다시 만나 부창부수夫唱婦隨하는 꿈을 이룰 수 있을까 하는 엉뚱한 생각에 어이없는 고소를 날린다.

오늘은 꼭 눈이 내릴 것 같다. 어쩌면 그이가 함박눈이 되어 흐드러지게 쏟아져 내 창문 앞에 소복이 쌓이지는 않을까…. 그때 그날은, 함박눈이 그친 뒤 푸른빛의 둥근달이 떠 있었지.

불청객과의 동거

얼 그레이 향을 즐기고 있었다. 나른하도록 평온한 어느 오후, 불쑥 귀뚜라미 한 마리가 거실 문으로 들어선다. 이 느닷없는 불청객의 출현에 나는 소스라치게 놀랐다.

고작 옆에 있던 신문을 집어 들고 한껏 방어태세를 하는 나를 놈은 아랑곳도 하지 않았다. 그 긴 더듬이를 잠깐 이리저리 돌린 후 거리낌 없이 유유히 에어컨 뒤쪽으로 사라졌다. 그제야 정신이 번쩍 들어 에프킬라를 그 틈새에 뿌렸다. 하지만 거만하게 들어와서 여유만만 내 앞을 지나간 놈의 모습은 가뭇없다.

나는 어려서부터 모기 한 마리라도 방에 들어오는 걸 보기만 해도 두드러기가 돋는 알러지 체질이다. 그런 내 눈에 모기보다 덩치가 몇 배나 큰 놈이 들어왔으니 이건 비상이다. 언제부터였을까? 녀석이 저렇게 겁도 없이 무람하게 내 집을 드나들며 엄연한 나의 존재를 아랑곳하지도 않고 마치 제 집인 양 저만의 은신처까지 마련해 살고 있는 것이. 아무리 살생은 죄악이라지만 난 멀거니 그냥 앉아 있을 수가 없었다. 조바심을 참지 못한 나는 화풀이라도 하듯 살충제만 서리처럼 허옇게 자꾸자꾸 뿌렸다.

　급하게 일어나서 백과사전을 뒤졌다. 싸움을 하더라도 적을 알고 나를 알면 백전백승이라 하지 않았던가!

　귀뚜라미는 온몸이 흑갈색에 복잡한 반점이 많다. 땅속에서 알로 활동하다가 8~10월에 나타나 정원이나 부엌 등에 산다. 대개 잡식성이며 전 세계 열대 및 온대에 1,200여 종이 분포되어 살고 있다. 앞날개에는 발음기(發音器)가 있어 가을밤에 '귀뚤귀뚤' 울어대면 우리들 마음은 애수에 젖는다. 요즈음 젊은 이들이 취미로 키우는 육식성 곤충인 '타란 틀라'나 '전갈'의 먹이로 귀뚜라미를 사육한다. 단백질이 풍부하여 영양가가 만점이라고 한다. 세상에는 참 기이한 취미도 다 있다. 나 같은 문외한에게는 흥미로운 정보다.

두어 시간을 꼼짝하지 않고 지키고 있었다. 아무 기척이 없다. 이젠 내가 지쳤다. 포기하기로 마음을 접었다. 하지만 그놈의 모습이 사라지지 않고 온 몸을 스멀거리며 기어 다니는 것 같아 소름이 끼친다. 왜 내 눈에 띄어서 나를 괴롭히는지 원망스럽다. 점점 마음이 화로 바뀌는 것이 느껴졌다. 이러면 안 되는데 마음을 딴 데로 돌리자. 음악을 틀었다. 〈아베마리아〉가 조용히 흘러 온 집안을 따뜻하게 정화시켜 갔다. 조금씩 마음의 평정을 찾아갔다. 그래도 눈을 감고 감상을 했으면 좋으련만 놈이 나를 덮칠 것 같은 불안은 여전했다.

며칠을 불편한 마음으로 지냈다. 불안이 점점 퇴색되면서 나 자신이 아주 작게 느껴졌다. 인간은 만물의 영장이라는데 그 곤충 한 마리 때문에 조바심을 하고 분노까지 느끼며 며칠을 허송했다는 사실에 어처구니가 없다. 놈은 제 집도 아니면서 제 살길을 찾아 허락도 없이 나의 집을 침입했고, 나름대로는 굽힘도 없이 주어진 환경에 적응하며 당당히 기거를 하는 듯한데….

살아온 세월이 얼마인데 옹졸한 마음으로 애를 태웠다니 얼핏 무안해진 나를 보았다. 나는 마치 누구한테 지청구라도 들은 것처럼 혼자 얼굴을 붉히며 끌끌 웃고 말았다. 하늘 아래 모든 생명체는 모두 그분의 피조물로 누구에게나 땅과 하늘, 빛과 공기와 물을 주셨다는 걸 잊은 것은 아닌데 왜 그리도 조바심을 했을까. 녀석은 아직까지는 다행히도 나에게 해를 끼치지는 않았다. 놈의 기세등등한 몸짓에 어안이 벙벙했던 나는, 녀석의 우는 소리를 가슴으로 받아 안고 대상도 없는 그리움에 한껏 젖어 살았던 사춘기 시절을 떠올리며 세월의 덧없음을 절감했다.

며칠 후, 외출을 하고 현관문을 여니 그 녀석이 또 마루에 서 있다. 순간 내가 놀라서 엉거주춤하는 사이 녀석은 태연하게 껑충껑충 뛰어 거실을 지나서 열어 놓은 베란다로 유유히 나간다.

"흥! 살아 있었군!"

설명할 수 없는 놀람과 묘한 반가움이 나를 안심시켜 주었다.

"내게도 동거자가 있다고!"

외출복을 벗으며 거울 속에 나를 향해 속삭이듯, 그러나 의기 양양한 목소리를 듣는 순간 오랜만에 내 심장이 빠르게 뛰었다.

바운스 바운스. 나는 거울 속에 나를 보며 확신에 차서 외쳤다. 녀석이 내 집에 들어와 살겠다고 나 모르는 어느 곳에 움을 만들어 놓은 게 틀림없다고!

녀석을 비난하려던 내 말을 듣는 순간 내 머릿속으로 설명할 수 없는 환한 빛이 가득 차오르는 걸 느꼈다. 나른하던 내 삶에 주어진 작은 선물을 소중하게 안아 올리며 나는 아주 작게 읊조려 본다. 이제 나는 더 이상 독거노인이 아니야!

불청객과 나, 우리의 동거는 이렇게 시작되었다.

이름의 향기

누군가 나를 부르는 소리가 들린다. 또다시 아주 가까이에서 들린다. 아무리 대답을 하려 해도 움직일 수도 없고 목소리가 나오지 않는다. "네~에."를 있는 힘을 다해 했다. 그 소리에 놀라서 벌떡 일어났다. 꿈이었다. 분명 돌아가신 엄마의 음성이었다.

어젯밤, 내가 어릴 때 이름이 촌스럽다고 부모님께 투정을 부렸던 옛일이 생각나서 뒤척이다가 잠이 들었다. 아버지는 나를 안으며 "똘똘이 작은 딸아, 네 이름이 너를 잘 키워 줄거다." 하며 나를 달래셨다. 당신의 생각으로는 만족하신 모양이었다.

우린 5남매가 자랐다. 아버지는 우리에게 별명을 다 붙여주셨다. '땅딸이 큰아들, 수다쟁이 큰딸, 굼튼튼 작은아들, 똘똘이 작은딸, 방귀쟁이 막내딸'이다.

우리가 잠이 들면 방마다 들어오셔서 이불도 다시 덮어주고 뺨에 뽀뽀를 해주시던 생각이 난다. 부모님은 재벌도 아니고 문장가도 아닌 지극히 평범한 분들이지만 자식사랑은 남다르셨다. 부부싸움은 어디서 하셨는지 우리에게 한번도 들킨 적이 없다. 엄마는 지혜로우셨고 아버지는 덕장이셨다. 온 동네 행사나 문제가 생기면 틀림없이 아버지를 찾아와 의논을 했다.

이름은 그 사람이다. 성공한 사람들의 함자에서 그 인품도 꼭 닮았다고 느낀 적이 있다. 그래도 살아가면서 자기 이름에 지극히 만족하는 사람이 다는 아닌 것 같다. 나도 그랬다. 여전히 고민거리였다. 현(顯) 자는 돌림자니까 어쩔 수 없지만 순(順) 자가 마음에 들지 않았다. 사춘기 때에는 촌스런 이름 때문에 이성과 연애도 못할지도 모른다는 엉뚱한 고민으로 잠을 설친 적이 있었다.

인간은 태어나는 순간에 혈연과 이름이 생긴다. 자연적으로 부모형제와 인간과의 길고 깊은 관계가 이어진다. 성급한 젊은 부모들은 태명을 지어 아기가 태어날 때까지 애칭으로 부른다. 고고의 울음과 함께 태어나면 부모들이 띠와 날과 시를 고려하여 작명소에서 짓기도 하고 할아버지나 덕망 있는 분이 지어줄 때도 있다.

이름은 자라면서 많은 사람들이 호칭으로 불러주면 바로 그가 점점 만들어지는 것 같다. 어릴 적에 그, 컸을 때의 그, 어른이 되어서 이름과 그가 하나의 인격체로 굳어간다. 한번 지은 이름은 대부분 일생동안 그 사람의 간판이고 생명줄이다. 자기를 증명하고 세상을 살아가는 수단의 하나이다.

인간은 처음 이름을 받을 때는 무채색에 가깝지만 세파에 부대껴 살다 보면 헤일 수도 없는 다양한 색깔로 채색이 될 수도 있다. 어떻게 사느냐에 따라 그 운명이 바뀐다. 어느 이름이든 자기가 갈고닦아 빛나는 '나'라는 하나의 인격체를 만들어 가는 것이 아닐까. 세월이 흐르면서 내 이름 '현순'을 점점 사랑하게 되어 안정된 마음으로 변해 갔다. 20세 때 남편과 연애를 시작해서 7년 만에 결혼을 했다. 사랑이 이름과 관계가 있다는 생각은 기우였나 보다.

산다는 것은 보다 나은 내일을 위한 몸짓이다. 공무원으로 시작한 사회생활 속에 만족도 높은 삶을 살았다. 첫 딸을 낳고 아기만 잘 키우겠다고 용기를 내어 과감하게 사표를 냈다. 하지만 4남매를 낳고 키우면서 다시 30여 년을 큰 기업 속에서 내 이름 석 자를 꾸준하게 키워 갔다. 승승장구 승진과 수많은 포상을 받으며 빛나는 삶을 살았다.

정년퇴임 후에는 나만을 위한 도전이 시작되었다. 새로운 것을 배우고 평생 하고 싶었던 것을 순차적으로 지금까지 하고 있다. 평온한 기류 속에 공부하며 글을 쓰는 작가가 되었다. 내 이름을 확실하게 내놓을 수 있게 나를 만들어 가고 있다. 작품을 통해 나의 존재감을 얻는 진솔한 행복을 향해서….

고유명사인 이름은 곧 자기의 우주다. 세계 어느 곳을 가든 자기 이름은 통틀어 오직 하나뿐이다. 지구 인구 70여 억 중에 오직 나 하나밖에 없는 귀하고 소중한 존재이다. 사랑받아 마땅하다. 나는 우리 자손들의 성명을 쓴 낙서 한 장도 그냥 쓰레기통에 버린 적이 거의 없다. 그들을 귀하고 보배로운 존재로 만드는 이름이기 때문이다.

좋은 인연의 이름은 가슴마다에 싱그러운 꽃처럼 풋풋한 생동감을 안겨준다. 마치 이른 아침 산책길에서 마시는 한 모금의 샘물 같은 신선함을 받는다. 사람마다 그 이름에 자기만의 독특한 향기가 있음도 깨달았다.

아버지께서 지어주신 현순은 '한문으로 顯은 나타낼 현자이고, 順은 순할 순 자다. 어디서 무엇을 하든 최선을 다 하는 너로, 주위에서 필요한 사람이 되어라.' 하시는 아버지의 바람이었음을 80년이 걸려서야 겨우 알았다.

오늘도 '현순'이라는 이름을 안고 향기 있는 남은 생을 향해 조용히 가고 있다.

비
움
과
    채
    움

  가을이 깊숙이 파고들어 끝자락에 와 있다. 내가 사는 과천
은 신이 내린 축복의 땅인 듯하다. 천지가 온갖 아름다운 색으
로 그려 놓은 수채화로 가득 찬 어느 갤러리를 연상케 한다.

  주말에 서울에 있는 손녀를 단풍 잔치에 초대했다. 오랜만
에 만난 우리는 마냥 즐거워 손을 잡고 몇 시간 그 속을 헤맸
다. 예쁜 색깔의 단풍잎을 많이 주웠다. 그럴 때면 어느새 손
녀의 나이로 돌아가 있는 나를 본다. 거실 가득히 펼쳐 놓고
한참 법석을 떨 때마다 둘이서 일치되는 순간이 되는 것 같다.
손녀와 나는 거의 해마다 가을이면 이 작업을 해온다. 여러

가지 모양으로 모자이크 해 코팅하고 또 한 번의 가을을 두고 본다. 더러는 가까운 친구에게 이 계절의 전령을 선물한다. 그냥 낙엽 한 잎이 아니라 아름다웠던 가을을 그들 가슴에 안겨 주는 심정으로.

같은 색으로 물든 이파리도 예쁘지만 채색이 미완성인 단풍 잎으로서 자연의 예술성이 돋보여 더 애정이 가는 것도 있다. 순수한 채색은 인간의 힘으로는 그 깊은 진리를 감히 닮을 수가 없다. 우리나라 산 중에 내장산의 가을은 마치 불이 타듯 정열이 넘치고, 신이 내린 가장 아름다운 선물이 아닐는지.

나무에서 '비움과 채움'을 배운다. 그들은 넘치는 소유욕만으로 덮어 놓고 끌어안기만 하는 인간의 욕심과는 그 슬기로움이 비교된다. 나무는 추운 계절에 살아남기 위해 자기 이파리들과 이별 준비에 바쁘다. 모든 잎을 버리기 전에, 아름다운 색으로 수놓아 인간들에게 기쁨을 주는 단풍 대축제를 선물한다. 그리고는 아낌없이 야멸치게 떨어 비우고 가벼운 몸으로 겨울을 이겨내는 그 지혜로움에 감탄할 뿐이다. 버려진 잎은 다시 자연이 받아들여 비옥한 땅을 만드는 알뜰한 비료가 된다. 바로 '비움과 채움'의 원활한 순환이다. 수억 년을 되풀이되는 자연의 몸짓이다. 그 속에서 자라나는 수많은 자연 산물은 우리 인간에게 가장 영양가 있는 먹거리를 생산하여 되돌려 주는 효자다. 더불어 산에서 사는 동물들에게도 먹이를 주는 착한 숲이 되어 간다. 이런 가운데 산은 다시 아름다운 모습으로 성장되어 지구에서 사는 모든 생물에게 지극한 사랑을 받는 존재로 이어진다.

우리는 어떠할까. 많으면 많을수록 좋다는 욕심으로 수많은 재산과 물질을 끌어안는다. 점점 비대해지는 불균형의 세상이 부끄럼도 없이 커간다. 욕심 많은 자들의 담장은 하늘 높은 줄 모른다.

나를 조용히 돌아본다. 왜 옷은 그렇게도 많이 사 들이는지. 먹거리는 왜 그리 사들일까. 마음을 굳게 먹고 다짐해도 약한 내 의지가 강한 구매 욕구를 이기지 못하나 보다. 번번이 후회를 하고 다시 다짐을 해도 지는 게임이 허다하다. 냉장고 청소 때마다 버리는 것이 너무 많아 마음속으로 용서를 빈다. 옷걸이의 옷은 어느새 늘어난다. 내 딴에는 부지런히 추려서 성당 바자회나 직접 나누어 주거나 헌 옷 함에 분배를 하지만 아직도 불균형의 연속이다.

아침부터 부산을 떤다. 비움의 날로 정한 날이다. 이쪽에 놓았던 것을 저쪽으로 그래도 애착이 가는 것은 이쪽으로 혼자서 갈피를 잡느라 바쁘다. 어차피 내 손을 떠나 누군가에게 보내 주는 거, 처지는 것보다는 지금도 애착이 가는 것으로 골라야 한다. 가슴이 홀가분해질 때까지⋯. 놓기 싫은 애착에서 도망 쳐야 한다. 비워야 새것으로 채울 수 있는 공간이 생긴다. 작은 집에 큰 공간을 만들고, 마음의 여백이 넓은 나를 만들고 싶다.

혹독한 겨울나기를 위해 화려했던 나무들이 나목으로 변한다. 그들은 대지 속에 자신을 맡기고 찬란한 봄을 의연히 기다리며 자기를 지키며 산다.

이제, 작은 나를 채움의 욕심에서 벗어나 비움의 환희 속에 편안한 삶으로 안주하게 하리라.

낮
꿈

조그만 손을 잡고 있다. 겨자 색 반팔 티셔츠에 흰색 반바지를 입은 남자아이다.

"넌 누구니?" 말이 없다.

"네 집은 어디니?" 도리질을 한다.

길을 잃어버렸다. 아이의 손을 잡고 군중 속을 헤맨다. 어쩌지? 마음이 몹시 바빠 온다. 초조하다. 아이의 손을 놓을 수도 없다. 그러다가 새로운 길로 접어든다. 어느 계단을 오를 때 아이의 손을 살짝 놓는다. 아이는 뒤를 돌아보지 않고 군중 속으로 나풀나풀 사라진다.

'아니야, 저 아이를 불러야지. 집을 완전히 잃어버리면 안 돼.' 외쳐보지만 말이 안 나온다. 아이의 모습이 안 보인다. 어쩐지 홀가분한 마음이 된다. 다시 길을 찾는다. 어느 시장 속이다. 이상한 채소가 길바닥에 널브러져 있다. 시커먼 사람들이 아우성을 치며 장사를 한다.

한편에는 한 번도 보지 못한 생선이 산더미같이 쌓여 있다. 그 이상한 물고기를 많은 사람이 몸싸움을 하며 그냥 서서 먹는다. 메스꺼워서 토할 것 같아 괴로워진다. 사람들에게 다시 길을 묻는다. 모두 고개를 젓는다. 언제 왔는지 키가 구척이나 되는 사람이 이 길을 건너가면 버스가 온단다. 시간이 얼마 남지 않았다고 한다.

빨리 가야 하는데 뛸 수가 없다. 안간힘을 써서 간신히 길을 건넌다. 한참 있다가 푸른색 버스가 온다. 문을 닫지 못할 정도로 많은 사람들이 간신히 매달린 채다. 하지만 내리는 사람은 아무도 없다. 탈 재간이 없다. 차가 떠나간다. 조금 후에 빈 차가 온다. 하얀 차다. 죽을힘을 다하여 뛰어가 타려는데 차는 오던 방향으로 재빠르게 회전하여 되돌아간다. 아무리 소리를 쳐도 목소리가 안 나온다. 차는 앞을 향해 서서히 간다. 힘을 다해 다시 소리소리 지른다. 스톱! 스톱!

나는 꿈을 잘 안 꾸는 편이다. 어쩌다 꾸어도 곧 잊어버려서 생각나는 게 별로 없다. 그런데 한 시간 이상을 별난 상황 속에서 허우적거렸던 것 같다. 내가 지르는 소리에 놀라 눈을 떴다. 얼굴이 땀과 눈물로 뒤범벅이다. 희한한 꿈이다. 꿈은 무언가를 암시하는 경우가 많다는데 지금 이 꿈은 무엇을 알려 주는 것인지.

꿈이란 무엇일까. 잠자는 중에 생시와 마찬가지로 여러 가지 사물을 보는 일로써 시각적 때로는 청각적인 체험을 하는 현상이라고 한다. 숙면 전후에 많으며 신체 내부에서 생성된 감각적 자극 내지는 전일의 흥분이 잔존해서 일어난다고 한다. 정신 분석학에서는 내적 정신 현상의 투영으로 보고 꿈을 분석하여 정신 요법에 이용한단다. 그렇다면 내가 오늘 낮에 꾼 꿈은 어느 부류일까. 왜 이렇게 평상시는 상상조차 못한 상황이 잠깐의 낮잠에서 연출된 것일까. 낯선 그 남자아이는 무엇을 의미하는 걸까. 옛날에 나의 어머니는 꿈에 아기를 안으면 액운이 온다 했다. 그런데 꿈속에서 보았던 그 애는 '애기'가 아니라 '아이'였다. 그 많은 시커먼 시장 상인들은 무엇일까. 많은 승객을 태운 버스는? 나를 태우지도 않고 되돌아간 흰색 빈 버스는?

옛말에 "꿈보다 해몽이다."라고 했다. 꿈을 어떻게 해석하느냐에 따라 인간의 심리는 많이 달라진다. 일어나지도 않은 상황에 굳이 의미를 부여하여 나를 불안하게 만들 필요는 없겠지. 나를 위하여 좋은 쪽으로 생각하는 것이 현명할 것 같다. 그의 손을 놓아준 것은 혹시라도 들어올지도 모르는 나쁜 운을 떠나보낸 것이 아닐까. 놓쳐 버린 버스들은? 만약 그 차를 탔다면 나는 저 세상의 객이 되었을까….

요즘엔 자연스러운 노화를 병으로 받아들이는 사람들이 많다. 스스로를 환자로 생각해서 병원을 전전한다. 고령화 초기 진입에 흔히 볼 수 있는 심리적 현상이다. '메디컬리제이션(medicalization)'이라는 증상이다. 혹시 내가 이런 증세인가. 요즈음 자잘한 병으로 이 병원 저 병원을 분주하게 다닌다. 진료과목이 많이 늘었다. 허약한 심신으로 머리에서 조용한 전쟁을 치르나 보다. 새삼 정신이 번쩍 든다.

스스로 건강을 지켜내려면 불안한 마음에서 탈출하여 지금 그대로의 나를 받아들여야 한다. 다가오는 병은 자연의 수순이라고 관대하게 생각하리라. 저 높고 푸른 곳을 향해 느린 걸음으로 또박또박 걸어가리라. 순명하면서…. 마음이 가벼워진다.

2
부

믿음의 방랑자

이튿날 아침에도 감감 소식이었다. 그래도 누구 하나 재촉하는 사람도 불평하는 사람도 없이 조용했다. 타는 가슴을 더 깊이 감췄다. 나는 아직도 함량 미달인 믿음의 방랑자였나 보다. 그들의 두터운 믿음의 모습이 나에게 새로운 변화를 서서히 주었다. 그동안의 나의 신앙생활이 무늬만이었나, 자기반성의 매서운 매를 마음속으로 계속 아프게 때렸다.

......

3일째 일정을 끝내고 숙소로 돌아와 보니 현관 앞에 낯익은 보따리들이 있었다. 여섯 개가 다소곳이 주인을 기다리고 있었다.

먼 곳에서 길을 찾는다

여행에서 돌아왔다. 식탁 위에 핸드폰이 깊이 잠들어있다. 충전 후에 보니 카톡과 부재중 전화 흔적이 전화기 안에 꽉 차 있었다.

언제부터인가 내 '버킷리스트 중 1호'는 유럽 성지순례였다. 여행으로는 동, 서, 북유럽을 다 다녔지만 순례가 목적이기는 처음이었다. 항상 주간으로 오는 「평화신문」을 볼 때는 순례 안내문을 제일 먼저 살폈다. 그러던 중 이번에 좋은 동행자를 만나게 되어 마음을 굳혔다. 떠나기 전에 종합병원에서 위와 장 내시경, 췌장과 간 검사는 CT로 했다. 결과는 이상이 없단다. 떠나는 설렘으로 한 달을 기다렸다.

드디어 서유럽 순례 길을 떠나는 날이다. 열두 시간을 넘게 비행해야 한다. 열이레 간의 긴 여행 일정이다. 이른 아침, 여행용 캐리어 끌리는 소음이 주민들께 송구스럽다. 이십 킬로 가까운 무거운 가방이다. 공항버스 정류장으로 향한다. 아직 30분 전이다. 느긋한 마음이다. 그런데 왠지 뭔가 허전하다. 걸음을 멈추고 다시 한 번 마음속으로 점검을 한다. 이상이 없어 보인다. 버스 정류장을 향해 걸음을 옮겼다. 그때다. '아차, 어쩌나!' 식탁 위에 놓아둔 핸드폰이 떠오른다. '어쩐다? 돌아갈까.' 집에는 아무도 없다. 가져올 방법은 다시 가는 수밖에 없다. 머리를 빠른 속도로 회전시킨다. 다음 정거장에서 같은 차를 타려고 기다리는 동행을 먼저 가라고 하고, 한 시간 후에 오는 버스를 타도 공항에 모이는 시간에는 지장이 없을 것 같다.

순간 '아니야 그냥 가자. 며칠을 메모하고 주도면밀한 준비를 한 내가 그것을 놓고 나온 것은 분명 그분의 깊은 뜻이 있을 거다.' 이제부터 17일 간을 아날로그 시대 속으로 나를 던져, 모든 주위에 잡다한 속에서 벗어나라는 계시일지도 모른다. 용감하게 다시 정류장을 향했다. 동행자의 휴대폰을 빌려 식구들에게 사정을 알렸다. 긴급사항이 있을 때 비상망으로 그의 번호도 일러 주었다. 얼떨결에 보이지 않는 속박과 잡다한 관계에서 벗어나 자유스러운 몸이 되었다. 허전하지만 홀가분하고 해방감마저 들었다.

내가 휴대폰을 사용하기 시작한 것은 보급이 막 시작되었던 때였다. 1991년 봄이던가. 엄청 커서 휴대하고 다니는 것도 힘이 드는 기종이었다. 회사에서는 일선 기관장들에게 업무를 위해 무상으로 지급하고 비용도 부담했다. 그 후 28년 동안을 한 번도 휴대폰과 떨어지지 않고 같이 살아온 셈이다.

성지 순례를 떠나기 전, 많은 사람들로부터 지청구를 끊임없이 들었다.

"그 나이로는 절대로 무리다." "과한 욕심 부리지 마라." 마음을 바꿀 수는 없었다. 다행히도 우리 아들딸들이 용기를 주었다. "엄마는 잘해 내실 거예요. 걱정 마시고 즐겁게 다녀오세요." 아이들의 응원이 고마웠다. "주님, 이대로라도 남에게 폐만 끼치지 않고 다녀오게 해 주세요. 힘들어도 참을 수 있는 기력만 주세요." 나의 기도는 간절했다.

비행기 안에서 곰곰이 생각하니 핸드폰 건은 아마도 나의 신앙의 깊이를 가늠하시는 과정이라는 깨달음이 왔다. 구름

위에 빛나는 햇살을 받으며 나는 비로소 그분의 크고 넓은 품속으로 폭 안김을 느꼈다. 고요히 머리 숙여 깊은 청원과 감사의 기도를 드렸다.

일곱 나라, 크고 작은 이십여 성지를 비행기로 버스로, T.G.V로, 도보로 순례가 시작되었다. 가는 곳마다 약속한 장소에 시간을 맞추어 다녀야 하는데 시계나 핸드폰이 없으니 세상이 다 막힌 듯했다. 날이 지날수록 순례길은 힘에 부쳤다. 수많은 세월을 디지털 시대에 익숙한 생활권에서의 이탈은 생각보다 쉽지 않았다. 그동안 휴대폰과 너무 친했나 보다. 마치 분신 같은 존재로 의지하고 해결하면서 살아왔다. 수억만 리 떨어진 세상에서 그것 없이 견디어 내기란 수월한 일이 아니라는 생각이 점점 들었다.

순례 길 가는 곳마다, 일행들이 영상으로 수많은 곳을 열심히 찍는 것을 보면서 점점 난감한 마음이 되었다. 사진이라도 남기고 싶은데 시대의 저능아가 되어가는 것 같아 조금씩 우울한 마음이 커 갔다. 많은 배려를 하는 룸메이트에게도 차츰 미안한 마음으로 자유롭지 못했다. 여행지에서 자기 자신만 추스르는데도 힘이 드는데 나까지 그에게 짐이 될 줄은 미처 예상하지 못했었다.

외톨이가 되었다는 우울감에 빠져서 먹은 음식마다 체했다. 그래도 다른 일행이 눈치 채지 않게 웃는 모습을 유지하면서 순례 대열에서만큼은 뒤지지 않고 따랐다. 긴 일정은 자신과의 내면의 조용한 전쟁 속에서 엄청스레 지쳐가며 끝나갔다. 오로지 내 신앙의 힘으로 해결할 수 있다는 자만심이 부끄러웠다. 아날로그 시대의 연민은 오만이었다.

순례지마다 놀라운 기적들이 산재되어 있었다. 그곳에 평범한 인간들로는 도저히 감당키 어려운 고비를 큰 힘에 호소하고 순명하며 이룩한 성과들이다. 유럽의 문화는 표현의 문화다. 그래서인지 그들이 지어 놓은 성당의 웅장하고 섬세함, 화려한 양식의 건축물과 조형물들은 상상만으로는 어려운 역사 속에서 빛나는 유명한 세계적이고 세기적인 대가들의 작품들이다. 어찌 그뿐이랴. 저 밑 나락으로 떨어진 사람들을 이유 불문하고 구제하여 새로운 인간으로 회생시키는 그들의 신앙의 힘은 참으로 놀라움을 자아냈다. 순례길 안에서 뜨거운 참회의 눈물도 흘리고 감동과 감격의 벅찬 가슴을 안고 흐느낄 때도 수없이 많았다.

다행히 큰 사고 없이 귀국했다. 체중이 6킬로나 줄었다. 많은 사람들이 다이어트를 힘겹게 하는데 나는 순례를 마치며 받아진 선물이었다. 결과는 나의 의지만으로는 분명 아니었다. 보이지 않게 밀어주고 보호해 준 힘이 열이레 동안 나를 지탱하게 해 주었다.

순례는 '길을 찾다'라는 뜻이다. 그곳의 자취에서 내 영혼을 다시 다듬고 인간으로서의 정체성을 정비하려 한다. 새로운 나를 출발시키는 계기를 만드는….

반딧불이의 춤사위

말라카 해협으로 지는 석양이 아름답다. 눈앞에 흐르는 셀랑코르강이 타는 듯한 붉은 노을 받아 아늑하고 조화로운 풍경을 이룬다. 맑지 않은 물빛이지만 분주하게 뛰어노는 고기떼가 흥미롭다. 강가에 위치한 레스토랑에서 미니 시푸드 저녁 식사를 천천히 즐긴다. 땅거미가 지고 붉은 노을이 다 사그라질 때까지 기다려야 한다.

나룻배를 타려면 아직도 한 시간이 남았다. 어둠이 와야 가는 곳이다. 수백 명이 식사를 하고 있다. 이 많은 사람이 모두 가려나 보다. 로맨틱한 밤 속으로 군중이 꿈의 향연을 찾아갈 참이다.

나룻배가 도착하였다. 구명조끼를 다 입혀 주었다. 다소 불안감이 살짝 가슴을 건드린다. 깜깜한 밤에 별로 안전장비도 갖추지 않은 채 나룻배를 탄다는 게 조금 께름칙했다. 사공은 숙달된 솜씨로 세차게 물살을 가르며 달린다. 까만 밤에도 물보라가 눈앞에서 장관으로 펼쳐진다. 하늘에는 쏟아지는 별빛이 찬란하다. 처음은 무서웠지만 차츰 모든 스트레스가 다 날아가는 듯 가슴이 후련하다. 사람들은 사공의 장난기로 트위스트 할 때마다 환호가 터지며 즐거워했다. 인간은 궤도에서 벗어날 때 짜릿한 쾌감을 느낀다. 한참을 달리던 배가 조금 속도를 줄인다. 가이드가 검지를 입에 데고 조용히 하란다. 처음에는 혹시 사고라도 난 것인가 불안감이 휘돌았다. 배 안이 고요해졌다. 그가 손을 들어 가리키는 곳에 하얀 새가 강가 큰 나무 몇 그루 위에 가득 매달려 잠을 자고 있었다. 언뜻 보면 우리나라 황새 같았다. '키위' 새란다. 깜깜한 밤인데도 너무도 선명한 백옥 같은 새다.

다시 속력을 내어 조금 더 가니 반딧불이가 수천 마리가 서식하는 맹그로브 나무 군락지이다. 크리스마스 추리에 매단 가느다란 전깃줄에 수많은 작은 전구들이 반짝이듯 불빛이 헤아릴 수 없다. 파리하고 영롱한 빛을 발한다. 참으로 아름다웠다. 그냥 있는 것도 있지만 작고 앙증맞은 불을 달고 빙글빙글 돌며 춤사위를 벌이고 있다. 날아다니는 것도 있다. 가만히 그들 앞에서 배를 정박하고 있으니 배 안으로 들어온다. 사람들이 이리저리 쫓아다녀 몇 마리를 잡았는데 너무도 작은 체구다. 마치 까만색 벼룩 같았다. 이 작은 몸체에서 강렬하고 찬란한 형광색을 발하여 수천 배 더 큰 등치의 사람들을 감탄케 한다.

세계는 시공간을 빠르게 좁혀간다. 각 나라는 천연자원과 역사와 문화를 개발하고 다듬어 온 세계가 같이 공유한다. 이것이 국가의 일익을 담당하고 발전의 인프라가 된다. 세계 어느 나라든 관광사업의 발전은 눈부시다. 하찮은 것으로 여기던 자원이 획기적인 구상으로 예상치 못한 국가의 큰 이익을 주는 사업으로 발전을 한다. 이 나라의 천연자원 작은 반딧불이를 육성하고 보호하여 이 아름다운 장면을 즐기고자 하는 사람들은 이 나라의 달러박스가 되었다. 입장료가 꽤 비싸다. 이들을 양육하는데 드는 비용은 크게 들지는 않을 거다. 먹이는 강가에 다슬기를 주로 먹고 산다. 반딧불이의 서식은 우선 청정지역이라야 한다. 사람들이 깨끗하게 하고 다슬기를 많이 강가에 넣어주면 잘 자라는 것 같다.

우리나라는 〈무주 반딧불이 축제〉가 매년 6월 무주에서 열린다. 반딧불이를 '개똥벌레'라 한다. 이 이름의 유래가 있다.

옛날에는 반딧불이가 개똥같이 흔하다고 해서 붙여진 이름이다. 생각해보면 그만큼 우리 강토가 오염이 없이 깨끗했다는 이야기다. 또 다른 설은 반딧불이는 야행성이고 습한 곳을 좋아해서 따뜻한 개똥이나 소똥이 식으면서 그 밑 습한 공간에서 낮 동안 숨어 있다가 밤에 나오는 모습을 보고 개똥에서 나왔다 하여 그렇게 부른다는 것이다. 옛날 반딧불이는 우리의 선비들의 형설의 공을 위하여 공부할 때 그 발광하는 빛으로 책을 읽어 과거의 합격이라는 영광을 준 착한 곤충이기도 하다. 어느덧 인간의 상혼이 이것들을 이용하여 돈벌이를 하고 있으니 다소 미안한 생각도 든다.

국내에서는 '무주 설천면 일원의 반딧불이와 그 먹이(다슬기) 서식지'를 천연기념물로 지정하였다. 비교적 깨끗한 곳에서 서식하는 환경지표 곤충이다. 아열대산림연구소에 따르면 제주에도 반딧불이 수만 마리가 서식하는 것으로 확인되었는데 세계 유일의 용암 숲 곶자왈이다. 나무가 우거진 수풀에 어둠이 깔리면 노란 점들이 나타났다 사라짐을 반복한다. 마치 금가루를 뿌린 듯 어둠을 밝히는 반딧불이다.

6월이면 짝짓기를 시작한다. 이곳의 반딧불이는 오염되지 않는 깨끗한 환경에서만 자란다고 하는데 달팽이가 먹이다.

더구나 제주에는 달팽이의 종류와 개체수도 많아 반딧불이의 좋은 먹이가 된다. 하지만 이는 애벌레일 때만이다. 불빛을 내는 반딧불이는 성충이 되면서 입이 퇴화되어 아무것도 먹지 못하고 이슬만 먹고 산다. 성충이 된 이들은 15일밖에 살지 못한다. 성충이 되는 시기도 6월 중순에서 7월 중순까지 딱 한 달밖에 되지 않는다. 이들의 생애에서 아픔을 느낀다.

반딧불이의 불빛은 배 부위에 있는 발광 세포에 의해 발생하는데 '루시페린'이라는 화학물질이 산소와 결합해 빛을 발하는 것이 된다. 그들은 소리와 빛에 민감하다. 달이 밝으면 활동을 제대로 안 한다. 얼마나 조용하게 품위를 지키는 존재들인가. 매미같이 짝짓기를 위하여 소란을 피우지도 않고 아무도 보느니 없는 어둠 속에서 짝짓기를 위해 빛을 밝히는 반딧불이는 곤충계의 최고의 로맨티시스트가 아닐까.

말레이시아보다 우리나라의 규모가 크고 체계적이다. 국내외 관광객들에게 대단한 환호를 받는다. 천연자원 반딧불이 그 작은 몸짓으로 신비와 동심의 축제로 황홀한 밤을 만든다. 영롱한 반딧불이 춤사위는 작은 몸체로 기쁨을 주는데 나는 이 세상을 위해서 무엇을 하고 있나를 곰곰이 되새겨 보게 한다.

5 일간의 공주

내 생애 처음으로 발을 디딘 중앙아시아 카자흐스탄이다. 만년설로 쌓인 톈산산맥이 병풍같이 둘러싸여 있다. 온 도시를 에워싸 감춰지지가 않는다. 신비스럽다. 수도 알마티의 거리 모습은 기대 이상으로 정리되어 있다. 오랫동안 러시아의 식민지여서인지 북유럽의 체취가 많이 배어 있다. 나의 숙소인 로열호텔은 현대식이지만 모든 인테리어가 고풍적이다. 러시아의 여름궁전쯤에 있는 것이 아닌가 하는 착각이 든다.

친구의 초대로 이 나라에 왔다. 짐을 찾으러 많은 사람들을 따라가는 중이었다. 제복을 입은 공항직원이 영문으로 쓴 내 이름 피켓을 들고 서 있다. 놀란 가슴으로 쫓아갔다. 넓고 쾌적한 격이 있는 방으로 안내되었다. 한 남자가 느닷없이 여권을 달라고 했다. 순간 앞이 캄캄해지며 현기증이 났다. 그는 너무 당황하는 나를 미소로 안심시켰다. 그리고는 여권에서 짐표만 가지고 어디론가 사라졌다.

다시 아무도 없는 조그만 창구로 안내되고 거기서 입국 수속을 마치니 그 남자가 내 짐을 끌고 나왔다. 가방을 보는 순간 부끄러워 어쩔 줄을 몰랐다. 새로 산 가방이 아까운 생각에 집에 있는 비닐로 싸 가지고 나와 부쳤다. 그런데 화물칸에서 얼마나 부대꼈는지 만신창이가 된 겉모습이 가관이었다.

그때 여전히 아름답고 화려하게 치장한 친구가 손을 흔들며 들어왔다. 그제야 그곳이 공항 VIP실임을 깨달았다. 단 몇 분 동안에 일어난 해프닝이었지만 무척 당황했다. 따뜻한 차와 다과를 대접받으며 안정을 찾았다. 잠시 후에 꽃다발을 든 큰 체격의 남자가 환히 웃는 얼굴로 다가와 꽃을 안겨 주었다. 친구의 남편이었다. 그의 남편은 그 나라 어느 부서의 장관을 역임하였고 지금도 공직과 큰 사업을 하는 재력가이다. 친구는 5일간 나의 일정을 다 짜 놓고 우리나라 외대를 졸업한 한국인 4세에게 통역을 하게 했다. 또 가장 으뜸으로 치는 고급 승용차와

기사까지 제공해 주었다.

저녁 만찬에 초대되어 간 곳은 그들이 단골로 가는 이탈리아 식당이었다. 식사 중에 그들은 보드카로 건배 제의를 수없이 하고 난 후, 간단한 테이블 스피치를 돌아가면서 한다. 참석한 아이들까지 일어나서 정중하게 스피치하는 모습이 신선했다. 조리가 있고 내용도 분위기에 적절히 맞는 것이 퍽 놀라웠다. 성숙한 인간으로 키워 나가는 좋은 과정으로 보였다. 나도 한마디 하라고 하여 했다.

매번 저녁 만찬 분위기는 거의 비슷했다. 큰 희망이 보이는 나라로 성장할 것 같은 밝은 예감이 들었다. 친구가 술을 즐기는 모습으로 변했다. 좀 놀라웠고 낯설었다. 무엇이 친구를 애주가로 만들었을까, 이런 의문 부호가 계속 따라붙었다.

다음 날부터 여행이 시작되었다. 비서와 친구, 통역 그리고 운전기사가 나를 위해 대거 출동했다. 알마티에서 멀지 않은 스키장으로 갔다. 천혜자원 만년설로 이루어진 아름다운 스키장은 그 규모가 대단했다. 얼음의 질이 좋고 일 년 내내 녹지 않아 전 세계인들이 모인다는데, 엄청난 인파가 즐거워하는 모습이 나를 들뜨게 했다. 바로 이곳이 이 나라 경제를 뒷받침하는 큰손이란다. 대부분의 음식점들은 규모가 크다. 모든 음식이 맛있다. 나를 더 놀라게 한 것은 즐겨 먹고 남은 음식을 철저히 잘 포장해서 가져가는 모습이다. 음식물 찌꺼기로 몸살을 앓는 우리의 모습이 떠올랐다.

알마티에서 가장 큰 재래시장 구경을 갔다. 우리의 김치, 밑반찬, 젓갈류가 푸짐하게 진열되어 있다. 수요자는 대부분 러시아인과 고려인들이라고 한다. 양품 가게도 즐비하다. 가죽장갑이 눈에 들어온다. 몇 개를 골랐다. 포장을 하는 동안 물건 값은 이미 지불이 되었다. 사양을 해도 막무가내다. 다른 곳에서도 내가 여행지마다 수집하는 열쇠고리, 작은 기념품 같은 소품까지도 역시 그들이 지불했다. 계속 실랑이를 했다. 비서가 자기의 임무를 방해하지 말라고 사정을 했다. 하지만 염치없이 계속 폐를 끼칠 수는 없다. 이제는 눈으로 보는 관광만 하기로 마음먹었다. 저녁에는 역사가 깊은 극장에서 하는 그 나라 전통음악회에 갔다. 크게 감명을 받았다.

아직도 이 나라는 일부삼처一夫三妻가 가능하다고 하여 많이 놀랍다. 철저한 이슬람교라 모든 것이 율법대로 지켜 사는 듯하다. 친구의 남편에게는 다른 부인이 또 있다고 한다. 내가 간 다음날이 이슬람교의 성탄절이다. 행사도 많고 가족단위로 명절을 즐긴다. 독일로 유학 간 딸도 돌아왔다. 상당히 가부장적인 풍속으로 아들과 딸이 아버지의 말을 곧 법으로 순종하는 모습이 인상적이었다.

그녀는 미국 유학시절에 남편을 만나 열렬한 연애를 했다. 많은 반대를 무릅쓰고 결혼하여 영부인 못지않은 생활을 현재까지 하고 있다. 그녀는 한국인으로서 그 나라 법대로 살아가는 처지지만, 남편이 다른 여자의 또 다른 남편으로 살아가는 모습이 나의 뇌리에서 떠나질 않는다. 나는 친구의 태연한 모습에서 숙명적인 어떤 슬픔을 보았다. 보드카를 즐기는 친구가 이제야 이해가 간다. 언젠가 한국에 오면 속 깊이 숨겨 놓은 많은 이야기를 하자고 깊게 포옹을 하며 속삭였다.

"일을 시작할 때 두려우면 하지 마라. 그러나 일을 시작했으면 두려워하지 말고 하라."는 몽고인의 속담을 의지하며 살고 있는지…. 그녀는 과연 행복할까 하는 의문이 나를 쭉 따라다닌다.

'인간은 하늘과 땅 사이에 태어난 행복한 존재'라는 말이 있다. 현명한 그는 제2의 부인과 행복을 나누며 사는 길을 더 깊게 알고 있을지도 모른다. 끝없이 넓은 땅, 그곳에서 인간을 품은 저 대지의 깊은 뜻을 절감을 하며 현실을 받아 들여 사려 깊게 행동했지 싶다.

친구는 상당히 과묵해졌다. 큰 사람의 안주인이다 보니 자리가 사람을 변화시킨 것일까. 발랄하고 다재다능한 재원이던 친구는 중후함을 담은 여인이 되었다. 소리를 내서 박장대소하던 모습도 없다. 조금은 낯설었다. 하지만 그는 내 손을 꼭 잡고 다녔다. 조용한 미소와 함께 수많은 사연을 손의 온도로 주고받았다.

5일간의 나의 여행은 생각지도 못한 호강 속에 한 번도 지갑을 열지 않고 지냈다. 처음에는 몸에 맞지 않은 옷을 입은 어색함이 있어 불편했다. 그런데 시간이 흐르면서 차츰 나를 잊은 듯 익숙해지고 편안해져 자만심이 슬며시 드는 것 같아 흠칫 놀랐다.

"정신 차려. 넌 김현순이야." 혼자서 중얼거리며 쓴웃음을 지었다. '금 수저' 신분을 흉내내는 나약한 나를 실감한 시간들이었다.

인천 공항에서 짐을 찾으니 깔끔하게 포장을 한 내 가방이 나온다. 갈 때의 모습이 아닌 정성을 다한 나의 5일간 비서의 선물이었다.

'5일간의 공주' 노릇은 끝이 났다.

친구의 깊은 눈망울이 줄곧 따라오며 내 가슴을 적신다.

도야호수의 여명

호수는 짙은 회색빛으로 덮여 있다. 부드러운 바람도 없이 고요하기만 하다. 왼쪽에 정박하고 있는 유람선도 깊은 잠에 빠져있다. 지난밤 화려하게 치장한 조명과 경쾌한 노래를 신고 깊게 내린 어둠을 가르며 호수를 누비던, 우리가 타고 온 유람선이다. 마치 호수에 떠있는 빌딩을 연상케 하는 아주 큰 배다. 수없이 쏘아 올리던 불꽃놀이도 가뭇없이 조용하다. 아마도 호수 깊은 바닥으로 숨었나 보다.

일본 북해도 삿포로에 있는 도야호수, 우스산을 배경으로 북해도의 서남부에 자리 잡은 초대형 칼데라(caldera) 호수이다. 도야호수는 여러 각도에서 즐길 수 있으며 일본인에게도 휴양지로 널리 알려진 곳이다. 호수를 경쾌하게 달리는 유람선에서 온천가를 바라보면 두 개의 희뿌연 연기가 보이는데 이것은 2000년에 분화하여 생긴 새로운 분화구다.

우리는 도야호수를 한눈에 볼 수 있는 전망대 호텔에 묵고 있다. 내 방은 15층이라 커튼을 여니 아름다운 호수가 코앞에 와 있다. 안개에 싸여 있는 호수는 아직도 짙은 회색이다. 성경에 나오는 갈릴레아 호수가 연상된다.

지금은 새벽 3시 15분, 내 시야에 들어오는 세상은 움직임이라곤 없다. 바른 쪽으로 자리 잡고 있는 몇 개의 섬이 보인다.

어제 유람선으로 이 중 가장 큰 섬을 돌았다. 갈매기와 까마귀들에게 새우깡을 신나게 뿌려 주었다. 우리나라 갈매기와 똑같이 받아먹고 소리 지르며 좋아한다. 그들이 어떻게 교류를 해서 같은 방식으로 우리를 쫓아오는지 신기하다. 이들 세계에도 한류 풍이 전달된 것인가. 천기의 흐름은 조물주만이 아는지…. 편 가르기는 역시 인간들만의 악습인가.

이어지는 곡선과 함께 어우러진 이 풍경은 한 폭의 고귀한 정물화로 내 가슴에 깊이 자리 잡는다. 경이롭다. 신이 만들어 낸 자연은 어디서 보아도 아름답고 항상 묵묵히 인간에게 많은 의미를 안겨 준다. 멀리 엷게 붉은 여명이 올라오고 있는 듯하다.

북해도는 일본의 최북단으로 새벽 4시경에 해가 뜬다. 어느 사이 아주 작은 보트가 미끄러지듯 조용히 다가오고 있다. 한 사람이 타고 노를 젓고 있는 것이 어렴풋이 보인다. 저 사람은 고깃배도 아닌 듯한데 어둑새벽에 왜 나왔을까. 해맞이라도 하는 것일까. 이번에는 두 사람이 탄 보트가 조용히 오고 있다. 얼른 보기에 남녀이다. 빨간색 옷을 입은 여자로 보이는 작은 체구가 앞에 큰 남자에게 계속 입에다 무언지 넣어 준다. 이번에는 남자가 여자 앞으로 몸을 숙여 입맞춤을 한다. 예쁜 아침 인사의 향연이다.

진회색의 호수가 밝은 여명으로 서서히 옷을 갈아입는다. 찬란하지는 않지만 시야가 점점 넓어지면서 보이지 않던 풍광이 보인다. 온 천지가 눈에 보이는 새벽이다. 식별되지 않던 곳이 보인다. 저기 나신의 여신이 한 손에 꽃을 들고 서 있는 모습이 눈에 들어온다. 바른 손을 들고 무언가를 염원하는 모습이다. 아마도 이 고장에 안위를 비는 나신일까. 우리나라도 마을 입구에 세워놓은 '천하대장군' '지하여장군'은 마을의 안위와 번영을 비는 풍속이 있다. 9월이면 첫눈이 온다는 이곳에 사시사철 벗고 서 있는 저 여신이 딱해 보인다. 저 여신에게 따듯한 옷을 계절에 맞추어 입혀 놓으면 어떨까. 너무 유아적인 발상 같아 홀로 웃는다. 안위를 자연에 비는 것은 인간의 본성인 듯하다.

여기 서 있는 나는 누구일까. 낯선 이국땅에서 돋아오는 여명을 안고 서있는 나를 본다. 고희를 벌써 지난 나이이다. 하지만 난 아직도 늙음에 대해서는 인정은 해도 승복할 수는 없다고 마음속에서 속삭이는 소리가 들리는 듯하다.

황혼에도 열정적인 사랑을 하던 괴테는 "노인의 삶은 상실의 삶이다. 사람은 늙어 가면서 건강, 돈, 일, 친구 그리고 꿈을 상실한다."라고 했다. 난 이 말에 감히 반론을 하고프다. 몸은 늙어가도 포기하지 않는 꿈만은 상실하지 않을 수 있다는 것이다. 슬기롭고 지혜롭게 꾸준하게 준비한다면 풍요로운 노후를 보장받는다는 확신이다. 준비하지 않고 늙음으로 해서 모든 것을 포기하고 정지하는 삶을 사는 사람은 아마도 힘없는 노인으로만 생을 마감할 거다. 그러나 성숙된 어르신의 면모를 갖춘 삶을 살려고 끊임없이 노력하는 사람은 생을 다 하는 날까지 정신적 건강으로 변함없는 생활을 하리라는 생각이 든다.

4시가 되니 태양은 구름이 잔뜩 낀 흐린 날씨 속으로 떠올랐다. 러시아에 가서 백야를 만났을 때다. 새벽 1시가 넘도록 온 천지가 빛 안에 싸인 시가지를 보고 신비감마저 들었는데, 이곳은 새벽 4시에 둥근 해가 뜬다. 우리나라와 지리적으로는 아주 먼 곳도 아닌데 이런 자연현상이 차이가 난다. 어느 사이에 몇 척에 작은 배들이 나타나 어디론가 분주하게 가고 있다.

북해도의 여명이 회색의 호수를 걷어 내니 온 천지가 환하다. 도야호수의 찬란한 빛이 사방에 쏟아져 내 마음에 포근히 안긴다. 결빙된 이 나라와 우리나라 사이에도 화해의 여명이 비추기를 조용히 머리 숙여 기원한다.

세상을 돌다

곱게 두었던 추억 한 자락씩을 꺼낸다. 내 기억의 흔적들을 조용히 펼친다.

나는 수집하는 취미가 있다. 우표를 모으기는 10대부터였다. 1989년에 처음으로 외국여행을 시작하면서는 관광하는 나라의 열쇠고리를 모으기 시작했다. 열쇠에는 우표와 같이 그 나라의 고유의 문화와 역사와 혼이 들어 있어 여행지를 기억하며 공부하고 이해하는데 많은 도움이 된다.

그들은 부피와 무게의 부담이 없어 운반이 쉽다. 더구나 다양한 작품의 형태로 갈고 닦아서 만든 그 나라만의 가장 아끼고 보존하는 귀한 모습을 담았다. 가는 나라마다 제일 먼저 가는 곳이 선물가게이다. 주렁주렁 매달아 놓은 그들을 보면 가슴이 뛴다. 특징 있는 것을 고른다. 선택을 하여 포장을 해 내 가방 속에 넣으면 친근감이 솟아나고 뿌듯한 성취감에 행복하다. 내가 사랑하고 아끼는 귀한 식구가 이렇게 또 늘어난다.

핀란드에 갔을 때다. 분명히 사서 가방에 넣었다고 생각했는데 호텔에 와서 아무리 찾아도 없다. 진땀이 나고 눈에 아른거리는 열쇠들로 도저히 잠을 잘 수가 없었다. 다음 날 아침 새벽에 러시아로 떠나야 하는데 난감했다. 다시 살 수 있는 시간도 없고 아린 가슴을 진정 시키며 선잠을 잤다. 동행한 친구가 꾸러미 하나를 준다. 펴 보니 바로 그 녀석들이다. 너무나 반가워 눈물이 확 났다. 내가 화장실 가면서 친구에게 잠깐 맡기곤 둘이 다 까맣게 잊은 거다. 이산가족 상봉이다. 잃어버린 내 자식을 찾은 마음이랄까.

가는 곳마다 사온 것을 넣을 데가 필요했다. 여러 곳에서 찾아보았지만 마땅치가 않았다. 마침 유럽풍의 고가구 콘솔장을 발견했다. 조금 고가품이었다. 하지만 용단을 내여 구입을 했다. 나라별로 정리하여 그들의 집에 넣었다. 장가가는 아들에게 새 집을 마련하여 준 마음이다. 하나하나와 대화를 한다. 너는 덴마크에서 왔구나, 너는 스웨덴, 너는 캐나다…. 외출했다가 집에 오면 습관처럼 그들을 들여다 본다. 그리고 잘들 있네. 고마워. 그날 가장 이슈가 되었던 것을 그들에게 말해준다.

지금 나는 많은 나라 중 중앙아시아에 있는 두 나라의 열쇠고리를 감상하고 있다. 하얀 만년설로 둘러싸인 스키장, 일 년열두 달 눈이 있어 세계 여러 나라 스키마니아들이 몰린다. 방대한 면적의 나라 카자흐스탄의 수도 알마티에 있는 규모가 크고 아름다운 곳이다. 또 하나는 끝없는 바다 같은 호수, 따뜻한물이라는 '이식쿨호수'가 있는 카자흐스탄의 이웃나라 키르키즈스탄을 들여다 본다. 어느덧 마음은 그곳에 가 있다. 2016년이른 봄에 다녀 온 나라들이다.

이 열쇠들은 내가 사랑하는 친구들이다. 나의 사는 모습을이십여 년을 지켜본 것도 있고 몇 달 안 되는 것도 있다. 이들은 여러 나라에서 모였지만 아주 조용히 내가 정해준 자리에서나를 기쁘게 만드는 '침묵으로 대화하는 친구'들이다. 식구는앞으로도 더 늘어나리라는 기대도 있지만 언제까지 내 건강이나를 지탱해 줄지가 미지수다. 건강이 허락한다면 신비로운나라 인도에도 여행하고 싶었는데 시원치 못한 다리가 발목을 잡았다. 결국 후년으로 미루어 놓았지만 기약이 없다.

인간에게는 사랑이라는 귀한 성품을 태어날 때부터 선사받았다. 그러기에 많은 사람들은 사람을, 자연을, 동물을, 예술을 그리고 애장품을 사랑하고 아낀다. 나는 이들이 말이 없어 좋다. 한결같아 믿음직하다. 그들은 나의 짝사랑만 받으면 된다. 희로애락의 표현이 없어도 나와 세상을 실망시키지 않아 진심으로 애착을 갖는다. 생명이 있는 것들은 자의든 타의든 사람을 배반하고 아프게 할 수도 있다. 이래서 더 이들을 조건 없이 아끼고 사랑하는지도 모른다. 가식이 없고 꾸밈이 없고 있는 그대로인 이들을 좋아한다.

2016년 6월에 한 달 반 동안 〈문학의집. 서울〉 제1전시실에서 〈아홉 문인의 숨겨진 재미를 보다〉전시회에 출품이 되어 나의 귀중한 '세상을 돌며 만난 침묵의 친구들'이 처음으로 집 밖으로 나가 많은 문인들과 세상 사람들을 만나고 왔다. 얼마나 진심어린 찬사를 받았는지 모른다. 아마도 이들이 말을 하는 재간이 있다면 연일 일어난 일들을 재잘거리며 얼마나 수다를 떨었을까…. 많은 관람객들의 요청으로 20일을 더 연장을 하였다. 내 분신 같은 이들이 첫 나들이를 화려하게 마쳤다.

새 식구가 늘었다. 스페인과 포르투갈 그리고 두바이를 다녀왔다. 작은 장이 아우성을 치는 듯하다. 열쇠밀도가 너무 조밀하다고. 그러나 집이 좁다고 늘려야 할 식구를 외면 할 수는 없다. 그 이후, 서유럽 성지순례에서 만난 친구들이 대거 입주했다. 무려 여섯 나라 성지 20여 곳의 식구들이 비좁은 집에 또 입주를 한 것이다.

아무래도 콘솔 하나를 더 구입하여 분가를 시켜야 될 것 같다. 즐거운 비명이다.

56개국에서 모인 내 친구들은 지니고 있는 나라, 역사, 모양새, 색상 모두 각양각색이다. 그래도 불편한 것은 하나도 없다. 세상살이는 '기브 앤 테이크' 원칙이 가장 무난하다. 그런데 나는 이들에게 바라는 것이 없다. 그냥 나만 그들을 사랑하면 된다. 사랑의 마음으로 그들을 보고 있으면 난 그들의 나라의 언어로 말하는 대화를 듣는다. 그대로 빠져들어 간다. 아무리 여러 나라, 제 나라 말을 해도 난 알아듣는다. 그래서 그들을 더욱 사랑하고 아낀다.

앞으로 내가 얼마나 더 새 식구를 늘릴지는 장담할 수 없지만 이들 숫자가 줄어드는 경우는 없지 싶다. 아마도 나와 '세상을 돌며 만난 침묵의 친구들'과의 우정은 영원할 테니까….

신비의 호수에 손을 담그다

팔월의 백두산은 추웠다. 하늘은 맑고 푸르러 구름 한 점 없다. 물결조차 없는 호수가 바다처럼 음전하다. 장군봉, 망천후, 백운봉, 청석봉 봉우리들이 '천지'를 안고 있는 모습이다. 그 가운데는 짙푸르고 가장자리로 갈수록 푸른 빛이 옅어진다.

백두산 정상에 화산 폭발로 화구가 함몰되어 생긴 호수다. 깊이 384m의 칼데라 호다. 그 웅장함과 신비스러운 자태에 환호성이 나온다. 호수 위로 엷게 내려앉았던 운무가 서서히 벗겨지면서 햇살 속에 드러난 아름다움은 정점을 이루었다.

연변에서 25인승 버스로 15명이 출발했다. 중국령에 속하는 북파코스로 갔다. 입구에서 백두산에 오르는 셔틀버스를 타고 산 중턱에서 다시 지프차로 올라가 천지 바로 밑에서 내렸다. 초등학교 때부터 보고 싶은 천지가 몇 걸음 앞에 있다. 가슴이 뛰었다. 내 나라이면서 우리 땅이 아닌 현실이 아프다. 전설에 의하면 아흔아홉의 선녀들이 밤이면 내려와서 목욕을 하던 곳이란다.

장엄하고 신비한 모습에 마음이 경건해졌다. '차렷' 자세가 절로 되었다. 보이지 않는 무한한 큰 정기가 서리서리 내리는 듯했다. 호수의 물을 만지고 싶었다. 완장 찬 사람에게 밑으로 내려가 물에 손을 담가도 되냐고 물었다. 완강히 거절했다. 다시 한 번 청을 했다. 어렵사리 허락을 받아 호수에 손을 담갔다. 얼음같이 차다. 온 팔이 찌르는 듯 강한 힘이 들어오는 것 같았다. 순간, 가슴이 불같이 뜨거워졌다. 억 겁의 시간을 지닌 신성한 호수 물에 손을 넣은 그 감촉을 어찌 잊으랴. 그 순간을….

그곳에는 전용 사진기사가 있었다. 정해진 금액을 주면 바로 사진을 현상해 주었다. 그들이 지정해 주는 곳에서 찍으란다. 믿어 주기로 했다. 하늘이 가장 가까운 곳에 있다는 사실에 가슴이 벅찼다. 다시 오기가 힘들 것 같아 갖가지 추억을 만들었다. 거대한 신의 선물 앞에서 감회가 컸다. 살아 있음을 감사했다.

가이드의 말이 우리는 행운아란다. 그해 여덟 번째 왔는데 오늘처럼 아름다운 호수를 처음 보았다며, 일기변화가 심해 중도에서 하산하는 경우가 많다고 한다. 내려갈 때는 걸었다. '천지'와 이별한다는 것이 아쉬워 호수 앞에 몇 번을 절을 했다.

내려오는 길에 추위가 몸속으로 파고들었다. 왼쪽으로 비룡폭포가 보였다. 용이 승천하는 모습을 닮았다 하여 지은 이름이다. 천지 북쪽 천문봉과 용문봉 사이에 68미터 높이에서 암벽을 강타하며 힘차게 떨어진다. '쑹화강'의 원류이다. 북방에서는 드물게 겨울에도 완전히 얼지 않고 계속 흘러 천지와 함께 천하의 절경이었다.

그날 밤, 숲 속 작은 소박한 호텔, 사방은 백두산 자연 림으로 싸여 있고 쏟아지는 영롱한 별빛과 만월에 가까운 푸른 달빛이 우리를 매료시켰다. 힘차게 타오르던 캠프파이어는 백두산의 정취로 더 취하게 했다.

벌써 20여 년 전 일이다. 지금은 백두산 '천지'가 국제적으로도 유명한 곳이니 그 명성에 맞는 시설이 완비되었으리라.

하늘 아래 가장 높은 곳에 웅장한 자태로 고고하게 자리한 천지 호수, 이 나라가 수많은 역경을 헤쳐 나와 빛나게 잘 사는 것도 천지에서 보내고 있는 힘차고 뿌리 깊은 정기의 힘이 아닐는지…. 백두산 천지의 모습이 눈에 선하다. 신비에 싸여 있던 뜨거운 느낌이 어제인 듯하다.

슬픈
귀부인

카페에는 시간이 일러서인지 한산하기만 하다. 쇼팽의 즉흥 환상곡이 온 홀 안에 운무같이 퍼진다. 우리에게는 각각 다른 술잔이 놓여있다. 나에게는 포도주, 그녀에게는 보드카다. 옆 테이블에는 물 담배를 품어대는 화려하게 성장한 두 여인이 알아듣지 못하는 그 나라말로 신명이 난 듯 시끄럽게 대화를 하고 있다.

박카스 한 병에도 취해 잔디밭에 누워 애를 먹이던 내 친구 가 맞는지 기억을 더듬어 본다. 나는 아직 첫 잔도 비우지 않았 는데 그녀는 벌써 석 잔째다. 가족들 앞에서는 당당하게 보이던 그녀였다. 오랜 친구인 내 앞에서는 진솔한 가슴앓이를 하는 가냘픈 여자의 모습이다. 내 가슴에 짙은 아픔이 고인다.

어린 시절, 그녀를 '혼혈아'라고 놀렸다. 서구적으로 생긴 외모 때문이었다. 우리는 한국전쟁 당시 나의 외갓집이 있는 경기도 이천 조그마한 분교에서 만났다. 시골 분교로 서울에서 피난 온 학생들이라고 선생님들과 학우들에게 유난히 총애를 받았다. 더구나 친구는 예뻐서 더욱 인기가 많았다. 우린 빠르게 친해졌다. 일 년 동안, 넓은 들로 산으로 전쟁의 고통도 잊고 시골생활을 즐겁게 지냈다. 아지트로 만들어 놓은 조그마한 동굴이 있었다. 그곳에서 합창, 연극도 했고 그녀는 발레를 했다. 우린 서울로 돌아와서도 계속 우정을 키워갔고 그가 미국으로 유학을 가서도 두터운 우정은 이어졌다.

유학 중에 중앙아시아 어느 나라에서 온 유학생과 열렬한 사랑에 빠졌다. 몽골 칭기스칸의 기질을 받아 장대한 미남이다. 그 나라에서는 손꼽히는 가문의 자손이다. 양가의 반대로 그들은 한참을 헤어졌다. 하지만 깊은 사랑의 힘은 그들을 갈라놓지 못해 대학을 졸업하고 결국 결혼을 했다.

풍속, 전통, 자라난 과정이 다른 사람과의 결혼이라 많은 어려움이 있었다. 그래도 슬기와 지혜로 잘 살았다. 자주 오던 편지가 느려지다 한동안은 서로 연락이 끊겼다. 한 오 년쯤 후에 다시 연락이 되었다. 남매를 낳아 잘 키우며 행복하다고. 사는 집이 엄청나게 크고 부리는 사람만도 십여 명이라 했다. 남편은 성실히 가정을 잘 지키고 끊임없는 사랑으로 대해 준다는 소식이었다. 그 후 많은 시간이 흘렀다. 2015년 가을, 눈물이 나도록 반가운 소식이 왔다. 나는 다음 해에 그가 사는 나라로 날아갔다.

그녀는 여전히 예쁘고 멋쟁이였다. 그런데 얼굴에 깊은 우수가 보이고 굵은 주름이 잡혀 무언가는 모르지만 불안한 마음이 들었다. 우린 얼싸안고 깊은 회포를 나누었다. 하지만 서로가 반백이 되어 만났고 이별의 시간이 길어서였던지 옛날과 같은 아련함이 없이 서먹했다. 하루가 지나자 우리는 옛날로 돌아갔다.

그 나라에서는 일부삼처一夫三妻 가 가능하다고 하여 많이 놀랐다. 철저한 이슬람교도라 모든 것이 율법대로 지켜 사는 듯하다. 그의 남편은 율법에 3처를 거느릴 수 있지만 오로지 친구와 두 자녀만 사랑하며 20여 년을 아주 성실히 살아왔다. 그러나 권력과 부를 다 가지고 조용하고 안정적인 삶이 지루했던가. 인간은 나약한 존재다. 천년약속의 사랑은 빛이 바래 뒤늦게 젊고 유능한 여자를 만났다. 공공연하게 의식도 치르고 또 하나의 가정을 꾸렸다.

둘째 부인의 큰아이가 중학생, 막내가 초등학생이다. 남편이 잦은 외국 출장을 갈 때는 거의 둘째 부인과 함께 나간단다. 율법으로 조강지처는 그들을 묵인하고 사랑하라는 의무가 주어져 있다. 인간은 모두를 다 가질 수는 없는가 보다. 친구는 얼마나 힘들까. 남편만을 믿고 의지하며 자기만을 사랑하리라는 하늘같은 믿음으로 살아왔는데…. 언제부터인가 점점 술과 벗하며 살아가는 시간이 많다고 쓸쓸한 웃음을 짓는다. 나는 아직도 남편을 많이 사랑하고 있는 순정 가득한 친구를 보았다.

길가에 마주 선 돌부처
비바람 눈서리 몰아쳐도
마주 서서오랜 세월 이별이 없으니
그를 부러워하노라
– 정철의 〈돌부처〉 중에서

부부는 죽음이 갈라놓을 때까지 일부일처이어야 한다고 생각한다. 약한 인간의 소유욕은 어디까지일까. 슬픔을 잊는 가장 탁월한 명약은 시간이라고 했지만….

인간은 끝없이 반복되는 어제와 오늘을 그리고 내일을 많은 형태로 살아간다. 그리고 모든 것은 다 지나간다. 언젠가 우리는 재물도 명예도 모두 벗어 놓은 채 떠나야 한다는 진리 앞에 숙연해진다. 부와 명예와 갈채 속에서 살아온 친구의 서러운 흐느낌이 들리는 듯하다.

오늘 이 밤, 그녀가 좋아하는 〈지고이네르 바이젠〉을 듣는다. 보드카를 마시고 있을 영원한 이방인인, '슬픈 귀부인' 내 친구가 눈에 어린다.

믿음의 방랑자

빙글빙글 돌아가는 판 위에 자기 보따리를 찾는 사람들이 뼁 둘러 서 있었다. 짐이 나올 때마다 반가운 마음으로 재빨리 잡아챈다. 자기 것도 찾고 일행 것도 찾으면서 안도하는 얼굴들이다. 하나 둘 숫자가 줄어가는데 덜커덩 소리를 내며 나오던 것이 이젠 더 나오지를 않는다. 아직 주인을 만나지 못한 몇 개의 가방만 빙빙 돌아간다. 그런데 내 것은 어디 있지?

성지순례 마지막 코스다. '메주고리예'로 가는 크로아티아 공화국의 스플릿 공항, 짐 찾는 코너다. 분명히 로마 공항에서 부친 내 것이 안 보인다. 공항직원이 이제 짐은 다 나왔단다.

이게 웬일일까. 순간 머리가 하얘지고 현기증이 났다. 이 예기치 못한 일을 당한 사람은 우리 일행 중 나를 포함해서 여섯 명이나 되었다. 나 혼자가 아닌 것에 그나마 다소 위로가 되었다. 마음에는 꼭 찾을 수 있는지 확답을 듣고 싶었다. 하지만 그들은 숙소에 가서 기다리라는 말만 했다. 허탈했다. 핸드폰을 식탁 위에 놓고 빈 몸으로 와서 십여 일을 참으로 불편하게 살아가는 중인데 이 일은 감당키가 더 어려웠다.

'메주고리예'로 가는 전용버스를 타고 캄캄한 시골길을 꽤긴 시간 달렸다. 차 안에서 이 현실은 나에게 무슨 의미의 메시지일까, 깊은 상념에 빠졌다. 내가 살아온 팔십 평생을 되짚어 보는 반성의 시간이었다.

잠깐 사이에 이상한 상황이 스쳐갔다. 가방의 잠금이 열려서 그 안에 잡다한 것이 바람에 날리어 허공을 날아다니는 현상이. 낯도 모르는 어느 곳에 흩어져 있는 모습을 상상하니 현기증으로 가슴이 스멀스멀했다. 동생과 조카사위를 위해 파티마에서 넣어 온 '기적 수'는 어쩌나. 당장 갈아입을 옷도 필요한 물품도 없으니 진땀이 솟았다.

그런데 나와 같은 처지의 일행들은 아무 일도 없는 것처럼 명랑했다. 차 안에서 웃고 소곤소곤 끝없는 화제를 이어 갔다.

간식도 주고받으며 잃어버린 가방을 정말 잊은 듯이 고민이 조금도 보이지 않았다. 나이가 젊어서일까. 순간, 바로 저 모습이 순례를 목적으로 온 신도들의 태도라는 깨달음이 왔다. '찾아 주시겠지.' 하는 강한 믿음, 바로 그 힘이라 느꼈다.

부끄러웠다. 세상을 더 오래 살았으면서도 내게는 왜 그런 여유가 없는 것인지. 나도 마음을 비우고 묵묵히 기다려봐야겠다고 생각하니 머리가 조금 가벼워졌다. 저녁시간에 신부님이 세면도구를 가져오셨다. 걱정 말고 잘 자라고, 하루 이틀 안에 꼭 돌아오리라는 믿음을 주고 가셨다. 조금 후, 동행한 여행사 사장님도 세면도구를 챙겨 왔다. 따뜻한 훈기가 얼어붙은 가슴에 몰려왔다. 머나먼 타국에서 당한 어이없고 낯선 현실이었지만 이분들의 친절이 위로가 되었다. "흑" 하고 울음이 터지는 순간을 얼른 헛기침으로 감췄다.

이튿날 아침에도 감감 소식이었다. 그래도 누구 하나 재촉하는 사람도 불평하는 사람도 없이 조용했다. 타는 가슴을 더 깊이 감췄다. 나는 아직도 함량 미달인 믿음의 방랑자였나 보다. 그들의 두터운 믿음의 모습이 나에게 새로운 변화를 서서히 주었다. 그동안의 나의 신앙생활이 무늬만이었나, 자기반성의 매서운 매를 마음속으로 계속 아프게 때렸다.

나는 여행 중에는 늘 준비하는 가방이 세 개다. 가장 중요한 여권, 지갑을 넣은 작은 백은 항상 목에 걸고 다닌다. 다른 하나는 그날 여행 중 꼭 필요한 것을 챙겨 차에 갖고 다니는 가벼운 손가방이다. 다행히 이틀 동안 그 가방이 있어 많은 도움이 되었다.

3일째 일정을 끝내고 숙소로 돌아와 보니 현관 앞에 낯익은 보따리들이다. 여섯 개가 다소곳이 주인을 기다리고 있었다. 우린 환호를 지르며 얼싸안고 기쁨의 눈물을 흘렸다. 개선장군이나 되는 듯 소리를 높여서 "주님, 감사합니다. 감사합니다."라고 외쳤다. 순간, 그동안 그들의 마음도 나와 같았다는 것을 느꼈다. 다만 불안한 감정을 믿음으로 삭이고 기다렸던 지혜가 컸던 것이었다. 감사와 환희 찬 마음으로 가방을 들고 숙소로 들어갔다.

메주고리예는 믿음의 방랑자에게 믿음의 가방을 되찾아 준 '성지'였다.

죽
방
렴

하늘과 바다가 같은 색깔이다. 남해바다는 코발트에 가까운 푸른색이 끝없이 펼쳐져 있다. 햇살 좋은 초가을 뭉게구름이 아름다움을 한껏 뽐낸다. 조각품을 만들려는가. 완성했나 싶으면 다시 흩어져 또 다른 작품을 만들고 다시 흩어진다. 자연의 창작품이 넓고 푸른 하늘 캠퍼스에서 마음껏 펼쳐진다.

미륵산 정상에서 내려다본 다도해는 빼어난 절경이다. 바다의 생물 중 2만여 종이 봄에 부화한다. 이들이 합쳐진 쪽빛 바다 밑에서는 생사를 겨루는 그들만의 생존경쟁이 한창일 것이다. '통영 미륵산 케이블카'를 타고 바라본 다도해의 죽방렴은 그 규모만으로도 입을 다물지 못한다. 수확량도 엄청나련만 죽방멸치 대부분은 일본으로 수출한다.

죽방렴은 시간의 흐름이 모인 곳이다. 참나무로 말뚝을 박고 대나무를 촘촘히 엮어 만든 멸치잡이 발이다. 남해에서는 이것으로 은빛 찬란한 으뜸의 멸치를 잡는다. 바로 죽방멸치이다. 그물로 잡는 일반 멸치와는 달리 비늘이나 몸체에 손상이 없이 자연 그대로 유지된다. 대나무 어사리란 별칭도 있다. 간만의 차가 큰 해역에서 옛날부터 사용하던 고기잡이 그물이다. 남해안의 협수로에서 통발 목을 해저에 박아서 V자 모양으로 벌어지게 기둥들을 설치한다. 그리고 그 V자의 꼭짓점에 해당하는 곳에 자루그물을 설치하여 어획하는 방법이다.

인간이 만든 지혜의 덫이다. 멸치 떼들은 그 주변에서 유영하다가 그만 그물에 걸린다. 전진도 후퇴도 할 수 없는 갇힌 자의 고독. 제자리에서 맴돌던 그들은 곱디고운 모습으로 인간에게 바쳐진다. 바다가 주는 귀한 선물이다.

해초류는 바다를 품은 작은 우주다. 그 안에서 싱싱하게 자라난 플랑크톤은 멸치들의 우수한 먹거리 밭이다. 그들은 야행성이어서 주로 밤에만 활동한다. 갈치는 멸치를 가장 좋아해서 한밤에 칼춤을 춘다. 죽방렴은 달리는 삶의 현장이요, 바다의 문전옥답이다. 가끔 수달도 자루그물을 찾아온다. 그런 날이면 어부들에겐 횡재하는 날이다.

얼굴이 까맣게 그을린 어느 어부의 아내를 만나서 말을 걸었다.

"많이 힘드시죠?"

"힘들죠. 하지만 죽방렴은 가난한 친정보다 낫다는 속담이 있지요."

그녀는 해맑게 웃는 얼굴로 이렇게 답을 했다.

망설임 없는 그녀의 대답에 나는 조금 놀라웠다. 바다는 그들에게 새롭고 끝없는 희망을 준다. 어부가 물때와 멸치를 기다리듯 세월에 맞서면 서럽지만, 그를 인내하고 받아들이면 삶의 지혜와 부가 쌓이게 마련이다.

500여 년을 이어온 황제 멸치잡이는 기다림이다. 현실과 맞서 싸우기에 역부족이어도 어부들은 여전히 대나무 발을 촘촘히 엮으며 폭풍에 대비를 한다. 그들은 시련의 고통이 힘겹더라도 묵묵히 이를 운명적으로 받아들이는 것이리라. 바다가 내준 것이니 나누어 먹는다. 죽방멸치는 아무 데나 있지도 않고 아무 데서도 살 수가 없다. 정성을 다해 차별화된 생육에서부터 그 진가는 결정되는 것이다.

우리의 인생도 어찌 보면 이와 같지 않을까. 부모는 자식을 으뜸으로 키우려 가정과 학교라는 울타리에서 최선을 다한다. 이상적인 인간으로 만드느라 자신의 한생을 다 바친다. 그들이 세상 밖으로 나아가 은빛 나는 인격체가 되어 자식의 위상이 돋보이게 되면, 부모는 하늘과 땅에서 영광을 다 얻은 것이리라. 바로 사랑과 정성을 다한 시간의 흐름이 모인 결실이다.

이젠 얼굴도 가물가물한 나의 부모님도 오 남매를 키우시느라 얼마나 힘드셨을까. 옥석을 가리지 않고 사랑 하나로 최선으로 키웠다. 거기서 번져진 자손이 29명, 이 나이 되어 점점 더 깊게 감사와 회한이 겹친다.

나를 멸치로 비유하면 어떤 급일까. 죽방멸치에 비할 수는 없겠지만, 중급 이상의 멸치는 되지 않을까. 그래도 80여 년을 탈 없이 내 분수 안에서 열심히 살아온 딸이니까…

"늦었다고 생각할 때가 가장 빠르다."라고 했다. 늦은 감이 있지만 더 열심히 배우고 봉사하며 값있게 살아 은빛 인생으로 마무리하리라.

세월은 혹독한 추위가 떠나버린 자리에 봄기운을 몰고 온다.

수
그
리

　베니스의 곤돌라를 닮은 작은 배를 타고 우리는 '야나가와 가와쿠다리' 수로를 따라 미끄러지듯 들어간다. 하늘은 파랗고 뭉게구름이 한가로이 흐른다. 진초록 이끼가 잔뜩 낀 돌담과 주변에 늘어선 작고 오래된 집들이 아주 단조롭다.

　벽돌집, 통나무집, 삼각지붕을 한 집들 옆에는 정성껏 심은 화초들과 예쁜 꽃이 이어진다. 수로에 비친 풍경은 더욱 한가롭고 평화롭다. 어디선가 새소리도 들리고 무리 지어 피어 있는 꽃창포 내음이 은은하게 흩날린다. 잘 정리된 화초 속에서 청개구리가 튀어나올 것만 같다. 기모노를 입은 한 여인이 건

너편에 모셔놓은 아주 작은 신전 앞에서 조용히 기도하는 모습이 눈에 들어온다. 여인은 무엇을 빌고 있을까. 그 옆에는 고양이 한 마리가 졸고 있다. 배는 '장어 공양비' 앞을 서서히 지난다.

　노를 젓는 사공은 60대가 넘어 보이는 나이로 얼굴은 구릿빛이다. 대단히 단련된 체격이다. 일본 고유의 복장과 챙이 넓은 밀짚모자를 쓴 그는 일본인의 전형적인 모습이다. 허스키한 음성으로 우리가 배를 타는 동안 지켜야 할 수칙을 설명해 준다. 특히 높이가 낮은 다리를 지날 때마다 몸을 수그리어 다치는 일이 없도록 당부를 한다. 자기는 노래를 잘하므로 앙코르도 받아 주겠다며 익살을 떤다. 서곡으로 시조 비슷한 아주 짧고 구성진 노래를 부른다.

　흐르는 물은 성의 주위를 둘러싼 운하다. 크고 작은 수로가 그물처럼 얽혀 있다. 수로는 옛날 성채(城砦)로서의 역할을 하여 많이 내리는 빗물을 일시적으로 모으고 범람을 막거나 농업용수나 방화용수로 이용하기도 한다. 시민의 생활과 밀접한 관계가 있다. 뱃놀이는 승강장으로부터 '조 보리' 수문을 지나 종점 '오키노 히타'까지 약 4.5km로 1시간 20여 분 걸린다. 오로지 사공의 힘으로 가는 배다. 배는 조금 속도를 내어 가기 시작한다. 첫 번째 다리는 꾸밈없고 단조로워 보인다. 양 옆에 늘어선 풍경과 소박하게 잘 어울린다.

사공이 다시 주의를 준다. 다소 긴장감이 흐른다. 다리 앞에서 사공이 일본말로 큰 소리의 명령을 내린다. "후세로!" 이어서 우리들은 우리말로 다같이 "수그리!"를 외치며 웃었다. 처음 지난 다리는 얼떨결에 상체를 숙여서 무사히 통과를 했다. 잘했다고 사공이 칭찬을 한다.

그는 3대째 가업으로 이어 38년째 사공 노릇을 한단다. 자랑스럽게 한쪽 팔을 위로 올려 단련된 근육질을 보인다. 일본인은 하찮은 직업도 소중한 가업으로 이어간다. 이것은 소박하고 꾸임 없이 주어진 일을 천직으로 생각하는 외골수의 마음이리라. 과거를 바탕으로 원리원칙을 고집스럽게 지키며 사는 민족이다. 다소 불편함이 있어도 인내하고 자신의 직업에 충실하여, 자기가 속해 있는 곳에 보탬이 되는 국민들이 되려는 마음가짐이다. 그들의 행동은 자기들의 상사를 따라 국가를 믿고 하라는 대로 움직이는 '수그리' 정신이 살아 있는 거다. 그래서 그들은 수직관계나 수평관계의 사회도 균형을 이루며 잘 살아가는 것 같다.

일본인은 개인적으로는 아주 조용하고 양순한 것 같다. 그러나 뭉치면 무서운 힘이 나온단다. 그래서인지 국민은 가난하지만 나라는 부자라고 한다. 바로 이 말은 국가가 큰일을 위하여 다소 억지스러운 요청을 해도 국민은 거의 '예스 맨'으로 수긍하고 따른다. 이게 바로 세계적인 경제대국을 이룬 국력의 바탕이 아닐까. 또한 세계적으로 인정받는 노벨상 수상자가 26명이나 된다. 얼마나 부러운 일인가. 이런 현상이 지구력 있는 바로 이 정신에서 나온 성싶다.

우리나라와는 잊을 수 없는 역사적인 일들이 얽혀있다. 어찌 보면 우방인 듯 하다가도 아주 낯선 나라로 돌아가 혼란을 주는 경우도 한두 번이 아니다. 이런 경우, 이성적인 생각으로는 우리와 불편을 해소할 수 있으면서도, 전체가 움직이는 방향에서는 두말없이 국가의 시책에 '수그리' 정신으로 돌아간다. 일본의 '야나가와 가와 쿠 다리 관광'은 베니스 관광과는 질적으로 많은 차이가 있다. 하지만 일본의 관광홍보로는 이 정신이 흐르는 한, 계속 잘될 것 같은 느낌이 든다.

사공이 세 번째 노래를 신나게 부른다. 다리는 서너 개를 지난 듯하다. 고개를 깊이 숙일 때마다 언뜻 나를 돌아본다. 과연 나는 얼마나 이런 정신을 갖고 '꼭 있어야 할 존재'로 살아왔을까. 혹시 나로 인하여 타인에게 낭패나 손해를 낳게 한

적은 없을까. 앞으로 나를 필요로 하는 곳에 '수그리' 정신을
더 깊게 안고 살아가야지 하는 다짐이 스친다.

"수그리!"

크게 고막을 울려 얼떨결에 고개를 깊이 숙인다. 곤돌라는
〈야나가와 가와 쿠 다리〉 밑을 유유히 지나고 있다. 까마귀
두 마리가 "까악 까악" 울며 푸른 하늘로 날아간다.

애
기

놋
요
강

내 나이 다섯 살 때다.

엄마는 나와 동생을 데리고 경기도 이천 이모 댁에 갔다. 동네 앞에는 큰 냇물이 흘렀다. 마을 뒤에는 노승산 있어 마을을 안고 있는 듯하다. 분지형의 마을에는 유실수가 많았고 복숭아꽃, 살구꽃이 피었다. 동네 입구에는 큰 느티나무가 있었다. 나무그늘에는 멍석을 깔아 놓아 마을 사람들의 사랑방이었다. 인심 좋은 그곳은 어린 마음에도 낯가림도 없이 즐거웠다.

그런데 가장 불편하고 무서운 곳이 화장실이었다. 소변은

뒤뜰에서도 해결하는데 '응가'가 마려우면 겁이 났다. 마침 엄마가 계시면 좋은데 그 날은 두 분이 함께 들에 나가셨나 보다. 혼자서 어쩔 줄을 몰라 쩔쩔매고 있는데 안방 문틈으로 보니 방안 쟁반 위에 놓인 작은 요강 하나가 보였다.

크기는 좀 작아 보였지만 어릴 때 내가 집에서 사용했던 그 애기 요강인 것이 분명했다. 뚜껑이 있고 뚜껑에는 꼭지가 있어 열기가 편했다. 어린 마음에 울 엄마 최고라고 외쳤다. 나를 위해 집에서 가져왔구나 하고 안심하고 응가를 보았다. 얼마나 시원했던지. 집에서 하던 대로 뚜껑을 닫고 앞마당 세숫대야에 담겨 있던 물로 뒤처리도 완벽히 했다. 스스로 대견했다. 나는 동생이 있는 언니라고 마음속으로 뻐겼다.

그 사실은 까맣게 잊고 앞집 초등 언니와 재미있게 놀았다. 나를 찾는 엄마의 소리를 듣고 집으로 갔다. 그런데 나를 본 엄마와 이모가 허리를 펴지 못하고 소리를 내며 웃어댄다. 무슨 일인지는 몰라도 나도 덩달아 웃었다. 크게 웃었다. 그 짓이 더 우스웠는지 두 분은 눈물까지 찔끔거리며 웃어댔다.

한참 법석이 끝나자 이모가 안방으로 들어가더니 아까 그 요강을 들고 나왔다. 그리고는 엄마에게 마시라는 시늉을 하는 게 아닌가. 엄마는 웃으며 그 물을 마셨다. 나는 놀라서 달려갔다. 그걸 뺏으려 했다.

"엄마! 그건 내 요강 아니야? 거기에 담긴 물 먹으면 안 돼."
나는 막 울었다. 엄마가 나를 안고 달랬다. 이모도 웃으며 내
귀에 대고 귓속말로 설명을 했다.

그 '애기 놋요강'은 '네 요강'이 아니고 이모부의 간식을 담
아 놓는 '놋주발'이란다. 어린 내 생각에도 어처구니가 없었다.
부끄러워 어디로 숨었으면 했다. 이모가 먼저 발견하고 깨끗
이 닦았다. 엄마 딸의 실수니까 엄마가 그 그릇의 재생 역할을
위하여 먼저 물을 마신 것으로 면죄(?)를 받은 거다. 그 후 이
일은 아무도 모르는 일로 조용히 끝났다. 두 분이 돌아가신
후에도 영원한 비밀이었다.

두 분은 슬기로운 분이셨다. 내가 저지른 철부지 짓을 두고
나를 꾸중하거나 동네 온 식구가 다 알도록 시시콜콜 떠들었다
면 나는 어떻게 되었을까. 그 날 이후 외가와는 결별을 했을지
도 모를 일이다. 성격이 삐뚤어지거나 우울증 증세가 있는 불
행한 아이로 자랐으면 어쩔 뻔 했을까…

그 후, 초등학생이 되어 방학 때 그곳에 가면 이모는 나를
안아주며 귓속말로 "너 이번에도 주발에 그 짓 할래?" 하고 놀
렸다.

3
부

낯선 별에 가다

　정남향으로 된 거실에는 맑고 밝은 볕이 가득히 들어왔다. 열여섯 평, 작은 집은 내 환희로 가득 차 어느 사이 6년을 훌쩍 보냈다. 아침은 가장 먼저 새소리 알람으로 시작되었다. 자기들끼리 무슨 사연이 그리 많은지…. 밤이나 낮이나 구성진 소리를 내며 떠다니는 비행기는 밤의 정취를 더 높였다. 어느 때는 고요한 세레나데로도 들리고, 기분이 다소 가라앉은 때는 슬프게도 들리곤 했다. 내 침실 제법 넓은 창에 큰 유리를 통하여 들어오는 시리도록 창백한 보름 달빛이 나를 황홀하게 만들고는 했다.

마지막 한마디

바람과 함께 눈이 흩날리고 있었다. 간신히 매달려 있는 잎사귀 네 개가 떨어지지 않으려 필사적으로 몸부림을 치고 있었다. 기어이 한 잎마저 떨어져 하늘에서 빙글빙글 돌더니 시야에서 멀어졌다.

"어쩌나! 저 잎이 다 떨어지면 '도마' 씨도 갈지 몰라. 안 돼요. 잡아주세요."

주문을 외우듯 나는 중얼거렸다. 오 헨리의 〈마지막 잎새〉가 뇌리를 스치고 지나갔다. 창문 밖은 여전히 부산스러웠다. 나는 나머지 세 잎사귀에 시선을 고정시키고 서있었다.

20여 일을 거의 곡기를 끊고 한마디 말을 못 하고 누워있던 남편이 눈을 떴다. 반가워 바짝 다가갔다. 무슨 말인가 하려는 표정이었다. 얼른 보리차를 빨대를 꽂아 입에 대주었다. 맛있게 몇 모금을 들었다. 눈물이 확 쏟아졌다. 너무나 고마워서 그를 꼭 안아 주었다. 그는 다시 입을 열려고 애를 썼다. 무슨 말을 하려는 것인가. 그러더니 갑자기 아주 또렷한 음성이 봇물 터지듯 튀어나왔다.

　"나 떠나거든 어느 녀석 하고도 살지 마!"

　너무나도 의외의 단호한 명령이었다. 어안이 벙벙했다. 순간 나는 정신이 번쩍 들어 다시 되물었다.

　"누구 하고 살지 말라고요? 큰아들, 작은아들? 말을 해 줘요."

　되묻기를 수차례 했지만 끝내 그이는 입을 열지 않았다. 무슨 뜻일까. 왜 더 이상 말을 하지 않을까. 눈과 입은 굳게 닫혀 있지만 그이의 얼굴에는 핏기가 돌고 아주 편안한 표정이었다. 벼르고 벼르던 말을 속 시원히 했다는 표정이다. 이상한 환시가 스쳤다. 소름이 돋고, 가슴이 조여 왔다. 마침 그때 의사가 들어와 몇 마디 물어 답을 해 주었다. 그리고 다시 창문을 보니 매달려 있던 잎사귀가 그 사이 두 개만 남았다. 가슴이 두 방망

이질을 치고 다리에 힘이 쭉 빠져 곧 쓰러질 것 같았다. 아들들에게 조금 빨리 오라고 당부를 했다.

남편은 머리가 약간 곱슬머리에 이목구비가 뚜렷하고 큰 키에 적당히 건강한 미남이었다. 주위에서는 그의 별명을 영화배우 '빅터 맞추어'라고 했다. 그의 가장 큰 재산은 건강이었다. 식성이 좋아서 어느 음식이든 불평 없이 즐겁게 먹는 대식가였다. 그래서 우리의 식탁은 언제나 푸짐하여 활기 있는 분위기였다. 산과 술, 노래를 좋아하던 그이다. 나와 동행이라면 오밤중에도 손잡고 가자는 대로 쫓아다니던 그가 장장 2년을 누워있다.

점점 사그라지는 장작불같이 차도가 없다. 바깥이 점점 어두워졌다. 차갑게 내리던 눈보라는 함박눈으로 변하여 조용히 내리고 있었다. 눈을 뜨지 않는 남편은 또다시 깊은 잠에 빠진 듯했다. 모든 식구들과 조카들이 모여들었다. 미국의 있는 큰딸도 전화를 했다. 두 시간을 끊지 않고 마지막 임종을 전화로 했다.

그날 밤을 지나 이른 새벽 기어이 그는 아주 먼 나라로 떠났다. 머리맡에 놓여 있던 많은 기계가 일직선을 그으며 멈췄다. 수많은 사연들을 하얀 눈으로 덮고 순백의 세상을 향해 조용히 내 손을 놓고 갔다. 7년을 연애하고 34년 동안 내 남편으로 살다가 그는 떠났다.

이제 그가 떠난 지 20년이 지났다. 그래도 어느 날, 그가 불쑥 나타나 나를 놀라게 할 것 같다. 멋지게 모자를 쓰고 빙그레 웃으며 내 앞에 서있는 환상이 보일 때가 있다. 유난히 멋을 내는 남자였다. 모자를 좋아해서 여행을 가면 먼저 그것부터 샀다. 해외여행에서도 가는 나라마다 사서 모으는 것이 취미였다. 지금도 아직 그의 체취가 남은 것 몇 개를 간직하고 있다.

홀로 살면서도 그이의 마지막 말의 해석이 온전치 못하다는 생각이 간혹 머리를 들곤 한다. 과연 그는 우리 자식 사 남매 누구와도 살지 말라는 유언이었을까. 아니면 누구와도 재혼을 하지 말라는 유언이었을까. 그때 나는 환갑의 나이였지만 자기가 없으면 누군가를 다시 만나 새 생활을 시작할지도 모른다는 상상이 용납할 수 없는 그의 이기심이었는지….

베란다에 푸른빛을 띤 보름달이 나를 물끄러미 내려다 보고 있다. 옛날에 그이와 같이 보던 달이다.

아직도 그이의 '마지막 한마디'를 물음표로 내 가슴에 품고 산다.

청개구리가 될 거야

희뿌연 안개비가 내리고 있다.

우산 위로 떨어지는 빗방울 소리가 고요한 천리포 수목원을 깨운다. 조용히 부는 바람이 연두색, 초록 잎새들을 나풀거리며 장단을 치게 한다. 싱그러움과 풋풋한 숲의 내음이 가슴 깊게 스며든다. 여기저기 피어있는 수많은 꽃들이 함초롬히 피어있다.

어제도 이 길을 걸었다. 오늘 새벽, 조용히 내리는 비와 엷게 낀 안개를 안고 걷는 맛은 신비스럽기까지 하다. 나는 익숙지 못한 수목원 숲 사이에서 그분의 향기를 마시며 가고 있다.

솔바람 길을 지나 꽃샘 길에 접어드니 목련과 수국이 반쯤 얼굴을 내밀며 나를 반긴다. 어제보다 더 싱그러움이 가득 차 있다.

조금 빗줄기가 굵어졌다. 작은 우산이라 한쪽 어깨가 젖어온다. 부지런히 수풀 길로 들어서는 순간 아! 하는 탄성이 나온다. 칡넝쿨이 휘휘 감긴 우거진 나무들, 키가 구척이나 되는 수많은 나무들이 어우러져 있다.

1962년 천리포의 모래땅 1헥타르로 시작하여 삼십여 년 동안 육십 배의 이르는 땅에 나무를 심고 자신의 생애를 바쳐 피와 땀으로 일군 천리포수목원 설립자 민병갈, 푸른 눈의 한국인, 아름다운 삶의 향기를 남긴 분, 나는 그분을 느끼며 걷고 있다.

그는 1945년 가을에 한국에 왔다. 첫눈에 비친 한국을 '신비의 나라'라 했다. 그때부터 운명적으로 한 국민으로 맺어졌나 보다. 삼십 년 가까이 한국은행에서 근무하면서 나라 경제를 잘 알고 한국을 사랑한 사람, 32년 후 갯마을 불모의 땅에 첫 삽질을 했다. 전공도 아닌 분야에 투신하여 본인의 장기인 끝없는 메모와 연구, 노력으로 한 계단씩 발전했다. 식물도감이 낡아 빠지도록 공부했다. 점점 늘어난 대지와 나무들로 수목원의 모습이 달라지고, 드디어 1978년 사단법인으로 등록을 해 세계에서 12번째로 아름다운 '천리포수목원'을 탄생시켰다. 자연을 사랑한 작은 인간이 일궈낸 기적이다.

그 이듬해, 그는 한국으로 귀화했다. 하늘이 내리신 큰 선물이었다. 찬란한 축복이었다. 의식주를 전통 한국인같이 산 그는 늘 "내 전생은 한국인"이라고 했다. 김치를 좋아하고 온돌에서 잠자기를, 또 한복을 즐겨 입었다. '제2의 조국'으로 삼은 한국을 언제나 '우리나라'라고 불렀다. 그는 천리포수목원은 가족이요 나무들은 모두 자식이라 했다. 하찮은 풀 한 포기도 사랑했다. 이 땅에서 57년을 살고 나무처럼 살고 싶다던 그는 밀려가든 양지바른 곳 목련나무 밑에 나무 거름이 되었다. 나무 한 그루 풀 한 포기도 깊이 사랑한 그는 자기가 묻힐 산소 자리 하나도 용납이 되지 않은 분이었다.

"내가 죽으면 무덤을 만들지 마라. 그런 묘 쓸 땅이 있다면 나무 한 그루라도 더 심어야 한다."라고 당부를 했다.

그의 흉상은 큰 연못이 내려다보이는 작은 언덕에 있다. 흉상 우측 하단에 화강석으로 만든 작은 청개구리상이 있다. 민병갈 설립자는 개구리를 좋아했다. 그는 "나는 죽어서 개구리가 될 거야."라는 말을 입버릇처럼 했다. 그의 삶이 청빈하고 순수한 자연을 사랑하는 마음이라 그의 바람을 헤아려 흉상 옆에 작은 청개구리를 함께 만들었다. 또 다른 것은 논 앞 석탑에서도 만날 수 있다. 가족이 없는 그에게 이들은 영원한 친구이며 가족이 아닐까.

"나는 단순히 꽃과 나무와 정원을 사랑하여 개인 정원의 주인이고자 나무를 심은 것이 아니라, 나무를 주인으로 섬기며 사는 일꾼으로 살고자 했다. 천리포수목원은 나무가 주인이며, 생명이 있는 것은 모두 어우러져 살아가길 원한다."

푸른 눈의 한국인 민병갈 씨, 57간을 가꾸어서 천리포수목원을 세계에서 12번째로 키웠다. 그는 청개구리로 다시 태어나 천리포 안에 작은 연못 속에서 살고 있지 않을까. 아마도 천리포수목원을 지키고 있을 것만 같다.

오늘도 내일도 영원히….

그녀가 아니라고?

애초에 그 이름 때문에 일어난 일이었다. 어미와 딸이 '연'자 돌림처럼 엄마는 연옥이고 딸은 연숙이다. 아침 일찍 전화벨이 울린다. 왠지 불안했다.

"순아, 연옥이가 어제저녁에 저 세상으로 갔대."

어처구니없는 소식이었다. 전화를 붙들고 전해 준 친구와 한참을 오열을 했다. 오늘따라 일이 많은 날이었다. 온종일, 떠난 연옥이 생각으로 갈팡질팡하며 지냈다. 그녀와 나는 눈길만으로도 서로를 아는 오십 년 지기 친구다. 빈소로 가는 시간이 자꾸 늦어졌다. 먼저 가 있는 친구들이 빨리 오라고 메시지를 계속 보냈다. 조바심이 났다.

"미안해. 나 지금 갈게. 그런데 문상객들이 좀 있어?"

"그럼, 많아. 아들들이 생각보다 일을 잘하고 걔네들의 손님도 꽤 많아."

"아들들이라니, 친구는 아들이 없는데…."

아침에 허방지방 들은 소식은 뭐람. 그럼, 연옥이가 아니 큰딸 연숙이가? 순간 다행인지 불행인지 판단이 서지 않았다. 가던 길을 멈추고 멘붕 상태로 서 있었다. 한참이 지나서 정신을 가다듬고 다시 빈소로 향했다.

10여 년 전, 친구는 대장암 수술을 받았다. 그래서인지 항상 걱정이 되었다. 출중한 미모에 멋쟁이였다. 큰 재산을 그녀의 노력으로 만들었지만 모든 재산 명의는 남편 앞으로 했다. 인간은 돈이 생기면 변하기 마련인지 훤칠한 외모에다 아내가 마련해 준 재산으로 바람이 났다. 그는 이혼을 강요했다. 치열한 싸움을 하다가 결국 친구는 남편과 헤어졌다.

친구 연옥에게는 딸만 셋이다. 첫딸이 대학을 나오자마자 어린 나이에 중매결혼을 시켰다. 불행하게도 아들 둘을 낳고 이혼을 했다. 맞지 않는 환경 탓이었는지 연숙이는 정신장애로 요양원에서 이십여 년을 지금까지 살고 있었다. 두 아들은 엄마가 죽은 줄만 알고 컸다. 준수한 청년으로 잘 자라 큰애는 대학 졸업 후 취업을 했고 둘째는 아직 학생이다. 그들은 20여 년 만에 재회를 했다.

아들들을 만나 증세가 조금 호전되는 것 같았다. 무용을 전공한 외모가 출중한 엄마가 눈앞에 있다는 사실만도 두 아들에게는 큰 기쁨이었나 보다. 거의 매주 면회를 왔다. 이제 조금만 더 지나면 소중한 엄마 노릇을 할 수도 있지 않을까 하는 희망을 가졌다. 나의 친구 연옥이는 오랜만에 삶의 의미가 깊게 새겨지는 희열을 느끼게 되었다.

진정할 수 없는 혼란스러운 마음으로 빈소에 도착했다. 친구와 나는 아무 말도 못하고 안고 울기만 했다. 그래도 떠난 사람이 '연옥'이가 아닌 '연숙'이라니까 다행이라는 내 이기적인 생각에 그의 딸 영전에 마음속으로 용서를 빌었다.

큰딸 연숙이는 올바른 정신상태가 아니어도 독실한 기독교인이었다. 교회에서 충실하게 그의 능력으로 할 수 있는 일을 하며 살았다. 그래서인지 하느님은 그가 심어 놓은 멋진 두 아들들을 다시 안겨주었다. 소생할 수 없는 앞날을 그분이 맡아 데려가 주었다는 생각이 들었다. 그의 엄마도 딸의 힘든 뒷바라지에서 끝나게 해줌에 감사한 마음이었다. 인간은 산 사람의 편인가 보다.

긴 여행을 떠난 연숙이는 틀림없이 천상에서 행복을 누리리라. 오랜 세월을 다른 정신세계에서 욕심 없이 아픔을 견디며 기도 속에 살았고 저 튼실한 두 아들을 세상에 남기고 떠났으니…. 환히 웃고 있는 영정사진이 오히려 평온함을 준다. 순간 내 뇌리에 이원수 씨의 시가 떠올랐다.

풀잎 끝에 맑은 아침 이슬방울
영롱하게 빛남은 곧 그의 행복이라.
사라진 뒤에 추한 흔적 남기지 않는
아, 나도 한 개 아침 이슬이고저.

거울 앞에 선다. 그 속에 내 얼굴을 본다. 인생살이 길게 살았어도 익숙지도 능숙하지도 못한 어설픈 내가 보인다. 잃어버린 시간에서 숲에서 하얗게 바랜 내 모습도 스쳐 지나간다. 딸의 죽음을 친구의 죽음으로 알고 하루 종일 눈물 속을 헤매면서, 언젠가 나도 세상과의 작별을 상상했다. 내가 떠나는 날까지 최소의 건강으로 '성당과 화장실'을 내 힘으로 다니다가 데려가 달라는 기도가 절실히 흘러나왔다.

떠난 영혼은 그녀가 아니었다.

빈
의
자

그를 마지막으로 본 것은 한 4개월 전쯤이다. 복도를 걸어오
는 모습이 한쪽 어깨가 15도 정도로 처지고 누런 낯빛의 병색이
완연하여 예사롭지가 않아 보였다. 20여 년 전 떠난 내 남편의
모습이 언뜻 스치면서 불길한 예감이 스쳤다.

봄꽃이 한창이다. 나뭇잎들이 연초록의 옷으로 갈아입고 있
다. 안개가 낀 듯한 하늘에는 중국에서 내뿜는 미세먼지로 온
천지가 뿌연 황사로 아까운 봄날이 서서히 가고 있다.

그 무렵, 부고가 날아왔다. 암으로 투병 중이던 그가 꽃상여
를 타고 훨훨 하늘로 날아갔다. 주렁주렁 매달린 많은 생명줄

을 벗어던지고 홀가분히 떠났다. 인품이 좋은 고인은 세상의 수많은 이들의 가슴에 알알이 박혀 안타까움을 안겼다. 언제나 신사의 매너와 인자한 미소를 잃지 않았던 그의 모습이 스쳐갔다. 사정이 있어 빈소에는 못 갔지만 마음속으로 그의 명복을 비는 기도를 수없이 했다. 인간이 영생을 바랄 수 없지만 그는 이제 제2의 인생을 꽃피우며 살 나이인데 돌아올 수 없는 강을 건넜다.

그와 나는 한 공간에서 공부를 한 문우다. 고운 부인과 함께 맨 앞줄에 나란히 앉아 어느 회원보다 항상 일찍 나와 회장으로서 자기 몫을 충실히 하는 모습이 늘 좋았다. 언제부터인지 부인이 자리를 비우기 시작했고, 본인도 항암치료를 시작하여 한동안 결석을 했다. 다시 좋아졌다고 나와 두 번째 책을 낸 것으로 기억된다.

그가 떠난 후, 부인은 우주만큼 큰 남편의 빈자리를 무엇으로 어떻게 채우며 살까. 나는 남편을 보내고 얼마간은 길을 가면서도 아주 비슷한 사람이 눈에 뜨였다. 살포시 손을 잡는 착각도 왔다. 그 옛날 나 혼자라는 자리가 얼마나 춥고 아팠던지. 부인도 앞으로 이런 일을 겪을 수도 있을 텐데….

나는 그 빈자리를 메우는데 얼추 20년이 걸렸지만 아직도 가슴앓이를 할 때가 간혹 있다. 그래서 나를 주 7일을 공간 없이 배우고 일하며 쉬지 않고 뛰게 했다. 아직도 나는 엄격한 나를 만드는데 최선을 다 하고 있다.

죽음이란 무엇인가. 서산대사의 말이다.

"한번 들이마신 숨 다시 뱉어내고, 마셨다 뱉었다를 반복하면 살아 있다는 증표다. 그러다가 어느 한순간 들여 마신 숨 내뱉지 못하면 그게 바로 죽는 것이다."

"삶이란 한 조각구름이 일어남이요, 죽음이란 한 조각구름이 스러짐이다. 구름은 본시 실체가 없는 것, 죽음과 삶이 오고 감이 모두 이와 같도다."

인간은 죽음을 거부할 수 없는 숙명으로 받아들인다. 발버둥을 치며 살려고 해도 사람의 힘은 죽음 앞에서는 아주 보잘것없이 나약하다. 만약에 죽음 앞에 인간 사회와 같이 비리가 있다면 하느님은 얼마나 골치가 아프실까. 생명연장을 위하여 청탁하는 사람들이 갖은 조건을 다 들고 나와서 하늘의 심판자를 괴롭힐 거다. 권력과 금력으로 또는 미인계로 수많은 방법과 수단을 동원하는 등살에 하루도 편할 날이 없으실 것이다. 아까운 분이 가시니 잠시 별 망상을 다 해본다.

평균수명이 옛날보다는 많이 높아진 현실이다. 하지만 인간에게는 보이지 않는 침입자 암이라는 존재가 거의 불가항력의 적이다. 아무리 여러 번에 걸쳐 항암치료를 하지만 어딘가를 파고들어 전이를 하는 경우가 많다. 나는 암 트라우마가 있다. 가족 중 친정아버지를 비롯하여 네 명이나 암 때문에 모두 저 세상으로 갔다. 아픔과 그리움과 연민으로 까맣게 탄 내 가슴에 실어 주고 야멸치게 떠나갔다. 삶과 죽음은 백지장 하나 차이다. 하지만 그 상황의 차이는 한없는 거리가 생긴다. 현재를 100세 시대라고들 한다.

아무리 과학과 인공지능이 첨단을 간들 최후 인간의 생명줄은 오로지 신의 영역으로 보아야 할 것 같다. 텔레비전에는 공기 좋은 산에서 자연과 더불어 살아 암을 이기고 승리한 예가 많이 보여 준다. 그러나 어느 시점에서는 인간은 결국 죽음에 이른다.

그가 앉았던 의자가 바로 내 눈앞에 있다. 어떻게 그 자리를 쳐다볼 수 있을까. 생각만 해도 가슴이 먹먹하다. 어쩌면 그도 가벼워진 몸으로 영혼만이라도 거기에 오지 않을까. 부부가 나란히 앉아 조용히 주고받는 대화의 모습이 아름다웠다. 떠나기 전에 그 의자에서 부인과 남은 시간을 알뜰한 추억 거리로 심어 준 배려가 아니었나. 그 분이 떠나시고 부인의 모습도 보이지 않았다.

강의실에 가는 날, 하얀 국화꽃 한 송이를 그가 앉았던 빈 의자에 살포시 놓아 주리라.

로맨틱 환상

문화원으로 가는 길은 마을버스를 타야 한다. 걸어서 30분, 타고 가면 10분 거리이다. 항상 그랬듯이 그날도 버스를 기다렸다. 매주 화요일 9시 35분 차다.

언제부턴가 같은 시간대에 이 버스를 기다리는 낯선 남자 승객이 눈에 들어왔다. 행선지도 나와 같았다. 차츰 그와 낯익은 사이가 되었다. 몇 주가 지났다. 그의 모양새가 눈에 들어왔다. 남자는 그다지 큰 키는 아니었지만 옷매무새가 예사롭지 않았다. 머리를 덮은 모자까지도 흔히 쓰는 노인 남자의 것과는 많이 차별화되어 훨씬 격이 있어 보였다.

얼굴에는 깊은 주름이 보였지만 잘 매만진 전체의 모습이 나이를 커버했다. 남자는 늘 갈색 가방을 들고 있었다. 그 속에는 자료나 책이 들었는지 무게가 느껴졌다. 전직이 공무원이나 중견회사 임원쯤이었을 성싶었다. 그러는 동안 그와 목례하는 사이가 되었다. 매주 화요일 10분 만나는 자연스러운 동행인이 되었다.

그 날이 은근히 기다려졌다. 어떤 옷을 입을까, 어떤 신을 신을까. 머릿속에선 상상과 예측이 넘나들었다. 그런 나를 두고 내심 깜짝 놀랐다. 한 주가 그렇게 행복할 수 없었다. 나이와는 상관이 없다는 게 놀라웠다. 마음이 설레었다. 몇십 년 전의 환희에 찬 십대 소녀 같았다. 그때까지 그와 어떤 대화도 주고받은 적이 없었다. 하지만 오가는 눈빛의 흐름은 천 마디의 말보다 길었다. 그를 떠올리면 가슴이 절로 뛰고 얼굴이 확확 달아올랐다.

요즘은 유치원 아이들도 이성 친구를 갖고 있다고 한다. 아니 초등학교 3학년만 되어도 화장을 한다던가. 어른들이 장난 삼아 묻는다. "너 남자 친구 있니? 너 여자 친구 있니?" 어떤 아이는 의기양양하고, 어떤 아이는 풀이 죽어 대답을 못한다. 그런데 내가 특별한 남자 친구를 갖는다면 어찌 될까. 이 나이에 내 마음의 비밀을 혹여 누가 알까 싶어 자꾸 마음을 여미곤 했다.

2개월쯤 지나서였다. 뜻하지 않은 그의 초대로 찻집에 마주 앉았다. 어색한 시선을 어디에 두어야 할지 당황스러웠다. 신상에 관한 이야기는 별로 하지 않았다. 그도 매주 화요일을 두근거리는 마음으로 기다린다고 했다. 말을 하고는 몹시 겸연쩍은 모습으로 나를 바라보았다. 갑자기 대화의 빈곤이 왔다. 다행히 그가 대화를 이어 갔다. 지금 배우고 있는 각자의 소재에 관하여 이야기를 나누었다.

그 후 우리의 자연스러운 만남은 몇 차례 이어졌다. 이메일이 오고 갔지만, 서로 나누는 내용은 시나 음악을 주고받는 정도였다. 화제의 고갈을 들킬까 싶어 인터넷을 뒤져서라도 공부를 했다. 일주일의 행복지수는 높았다. 고희를 지나 칠십 초에 이 현상은 새 보물을 숨겨 놓고 남몰래 보는 흐뭇함이랄까. 주마다 복권을 사는 사람들의 마음이 이럴까 싶었다.

독일 프랑크푸르트에 있는 괴테의 집을 관람한 일이 있다. 정원에는 그의 나이 72세 때에 사랑을 시작한 17살의 마지막 애인 울리케 동상이 있었다. 그날 안개비가 내리는 속에 서 있는 그 소녀의 모습을 잊을 수가 없었다. '요한 볼프강 폰 괴테'라는 귀족 칭호를 받은 그는 독일이 낳은 거장이고 세계적으로 유명한 사람이다. 하지만 그의 심중을 헤아릴 수가 없었다. 어떻게 그 나이에 그런 열정이 나올 수 있을까. 더구나 그가 사랑을 나누던 수많은 여인들이 대부분 유부녀였단다. 그는 얼마나 앞서 간 사람이었나. 이제야 겨우 느낌이 왔다.

반년이 얼추 갔다. 처음으로 그가 부인이 있는 사람이라는 것을 우연히 알았다. 나는 놀람으로 숨이 멎는 듯했다. 내가 혼자이니까 내 기준대로 상대를 혼자라고 생각했다. 어처구니 없는 실수였다. 아니 지독한 망상이었다. 많이 허탈했다. 그동안에 특별하게 발전한 것도 없었지만 아쉬움과 후회로 아픔이 왔다. 나는 남의 것을 내 것인 양 많은 그림을 그린 바보였다. 장발장의 배고픔도 아니었는데…. 괴테에 유부녀 사랑도 바란 적이 없는데…. 나 자신에게 부끄러웠다. 화요일마다 10분 데이트는 나의 고집으로 그렇게 끝이 났다.

벌써부터 내놓은 집이 팔렸다. 아들네를 따로 내주고 나는 혼자 좀 먼 곳으로 이사를 했다. 잠깐 동안 허황했던 꿈을 훨훨 날려 보내고 도망치듯 왔다. 아주 작은 집으로 소꿉놀이 같은 보금자리를 만들었다.

이제는 나만 사랑하며 내가 나의 제일 친한 친구 되어 살아간다. 사랑은 관심이고 의미의 창조며 가치의 발견이라 한다.

사랑하는 사람이 생기면 그와 관련이 되는 모든 것은 소중하고 향기롭고 무한한 사랑이 샘솟는다. 그 마음이 동화되어 한 곳을 바라보며 하나의 새롭고 아름다운 의미와 가치를 만들지 않을까. 그래서 사랑의 의미는 생산적이고 창조적인 무한한 힘이 날 것이다. 나는 그때부터 열심히 글쓰기에만 몰두했다.

며칠 전, 〈남과 여〉라는 영화를 보았다. 자폐증을 가진 아들 엄마와 우울증을 가진 딸의 아버지와의 사랑이야기였다. 우연히 두 사람은 아이들을 특수 교육장에 입소를 시키고 난 후, 말없이 핀란드의 어느 끝없이 펼쳐진 자작나무 숲 하얀 눈길을 걷는다. 서로 이름도 모르는 그들은 한마디 말도 없이 추위를 느끼며 가고 있다. 마침 숲 속에 오두막집을 발견하고 들어간다. 그곳은 핀란드 사람들이 좋아하는 사우나였다. 아직 온기가 있고 땔감이 있어 불을 지핀 후 잠깐 쉬면서 순간적으로 '남과 여'로 변하여 강렬한 사랑을 나눈다. 육으로 만나 시작한 그들의 사랑은 영과 합하여 아름다운 사랑으로 승화되는 영화다. 현실에서도 있을 수 있을까….

언젠가 나와 같이 홀로인 사람을 만나게 되면 망상이 아닌 숭고한 사랑으로 그를 진심으로 사랑해 주리라….

그런데 시간이 나를 기다려 줄까.

귀한 선물

운전면허를 땄을 때 숱한 사연이 많았다. 코스를 완전히 끝냈다고 안도감으로 차를 세우는 순간 무언가가 앞 유리 위에 쏟아졌다. 그리고는 확성기에서 큰 소리가 나왔는데 나는 감을 잡을 수가 없었다. 나가야 할 텐데 몸이 말을 듣지 않았다. 다시 큰 소리가 들린다.

"김현순 씨 본부로 오세요."

차문을 열고 나가니 큰 '스티로폼' 뭉치 대여섯 개가 제멋대로 흩어져 있다. 놀란 가슴이 진정이 안 된다. 안간힘을 다해 본부로 갔다.

"성적은 합격이지만 대형사고를 내서 취소입니다." 딛고 있는 발밑이 빙그르 도는 걸 느끼는 순간 눈물이 핑 돌았다. 양해를 구하고 의자에 앉았다. 심호흡을 하며 어떻게 이 상황을 해결하나 고민을 했다. 순간 정신이 오히려 맑아짐을 느꼈다. 정면 돌파를 하자. 전화위복이라는 것이 있다. 나는 용기를 갖고 진심 어린 호소를 했다. 처음에는 전혀 씨도 안 먹혔다. 스티로폼이 흩어진 것은 벽을 박은 거나 마찬가지이므로 대형사고란다. 포기하지 않고 끈질기게 부탁을 했다. 당신의 어머니라고 생각해 달라고 호소를 했다. 그는 차선책을 알려 주면서 서류를 내주었다.

구내에 높은 계단 위, 팔각정에 있는 '간이 재판소'로 가서 이 사고에 대한 재판관의 판결을 받으라 했다. 한 걸음에 달려갔다. 이미 거기에는 나와 같은 사고자들이 다섯 명이나 기다리고 있었다. 내 뒤에도 두 명이 더 왔다. 기다리는 동안 재판 과정을 들어보니 별별 사고가 많다. 응시에 쓰는 차를 파손시켜 배상을 해야 하는 사람, 안내자를 들이받아 병원 치료비를 내줘야 하는 경우, 기물 훼손으로 보상금을 내는 경우도 있었다.

순간, 고소가 나왔다. 다행히 보상할 것이 없다는 것이 위로가 되었다. 차례가 왔지만 뒷사람들에게 양보했다. 아무도 없는 상황에서 사정을 하는 것이 더 효과적일 것이라는 생각이었다. 드디어 내 차례가 왔다.

"아, 대형사고 치셨네. 다친 데는? 아주머니 보기보다 나이가 많으시네요."

"큰 잘못을 저질렀습니다. 신청서 용지를 보시면 아시겠지만 아직 현직에 있다 보니 접수를 하고도 응시를 못한 경우가 많았습니다. 겨우 합격을 해 너무 좋아서 흥분을 했나 봅니다. 선처 부탁드립니다."며 깊은 절을 했다.

"그러다 앞으로 좋은 일만 있으면 계속 사고 치면 어쩌려고요?" 재판관 얼굴에 장난기 어린 미소가 보였다. 가슴이 마구 뛰었다. 드디어 합격도장을 받아가지고 나왔다. 다음은 면허증 신청서를 작성했다. 사진이 없다. 분명히 아까도 확인을 했었는데 아마도 그 난리를 치는 통에 어디에 흘렸나 보다. 하루 종일 헤매는 날이었다. 머피의 법칙에 걸린 듯… 아침에 달려와 주던 남편의 얼굴이 떠올랐다.

늦게 들어온 남편은 많이 취해 있었다. 아침에 흔들어 깨워도 아직 한밤이었다. 남편이 시험장까지 데려다주겠다던 어제 약속을 포기하고 혼자 왔다. 시간은 아직 30분 전이었다. 기다리면서도 열심히 머릿속으로 코스 연습을 했다. 20분 전이다. 다시 한 번 응시 준비물을 챙겨보았다. 아니, 이를 어쩌나! 주민등록증이 없다. 아무리 뒤져 보아도 없다. 차근차근 생각하니 작은 가방으로 바꾸면서 덜 챙긴 것이 분명했다.

이번에도 포기해야 하나 만감이 교차되었다. 집을 갔다 오는 건 시간이 어림도 없다. 어쩌면 남편이 출근 전이면 가능할지 모른다. 전화를 했다. 벨이 열 번이 넘어도 안 받는다. 다시 또다시, 이젠 포기하자고 하는 순간 아직도 잠에서 헤매는 남편의 목소리가 들렸다. 순간 수호천사의 음성이라 느꼈다. 아직 자고 있던 것이 고마웠다. 상황 설명을 했다. 볼멘소리로 야단만 쳤다. 나는 어서 와 달라고 다시 애원을 했다.

줄을 서서 응시장으로 들어가기 시작했다. 안내자에게 사정을 말하고 조금만 편리를 봐 달라고 했지만 시간은 자기네 마음대로 조정하는 것이 아니라며 손사래를 쳤다. 기대와 좌절의 아픔을 느끼며 정문만 바라보았다. 노란 택시 한 대가 들어왔다. 감색 재킷을 입은 키 큰 남자가 내렸다. 여기라고 손짓을 하며 달려갔다. 그이도 달려왔다. 드디어 릴레이 선수가 터치를 하듯 주민등록증을 받은 나는 뒤도 돌아보지 않고 시험장 입구로 냅다 달렸다.

남편의 수고로 나는 운전면허증을 받았다. 사 남매 대학 합격의 기쁨에 버금가게 흐뭇했다. 남편은 사십이 넘도록 술 담배를 못하더니 어느 날부터 시작한 것이 매일같이 그 속에서 살았다. 초기에 왜 더 말리지 않았는지…. 생각하면 남편의 술을 사랑하는 탓으로 난 면허증을 땄다. 가슴이 저렸다. 내가 면허를 따면 그이가 술을 들 때 대리기사 노릇을 해 주리라는 낭만은 허탕이었다.

　새 차를 뽑아 그를 태우고 우리가 잘 가던 추억의 장소를 시간이 있을 때마다 다녔지만 그의 증세가 악화되니 그도 몇 번으로 끝이 났다.

　자동차 면허증은 그이의 체취가 담긴 마지막 선물이었다. 어쩌면 자기가 없는 세상살이를 예견이라도 했는지. 그는 나에게 든든한 발을 주고 갔다.

돌
리
도

두렵다.

'코로나19'가 돌고 있다. 숨이 가빠진다. 처음에는 크게 관심을 두지 않았지만, 이상한 이름의 전염병들이 몇 년 간격으로 휩쓸고 있다. 그때마다 내 일상은 별다른 지장 없이 끝나곤 했다. 그런데 이번에는 지구촌 분위기가 예사롭지 않다. 전쟁터를 방불케 하는 내리누르는 압박감이 온다.

현관문을 열어 본 지 닷새가 지났다. 어느 종교단체에서 무더기 환자가 발생해서 온 나라가 불안과 공포의 도가니가 되었다. 더구나 내가 사는 이곳에는 그 단체의 본부가 있다. 연일

시에서, 아파트 관리실에서 집안에만 있으라는 경고를 한다. 아들과 딸들, 지인들의 안부와 다짐의 전화가 쏟아진다. 심리적으로 무인도에 홀로 서 있는 꼴이 되었다.

중세기에 유럽이 흑사병으로 재난을 받을 때도 이러했을까. 무섭고 두려운 이 존재는 과연 언제까지 우리를 담금질을 할 것인가. 마음이 어둡다. 만약에 내가 당한다면 어쩌지? 나를 정리할 준비를 하자 하는 강박관념이 몰려왔다. 무엇을 어떻게 할까. 목록을 작성하고 벽에 붙여 놓을까. 사전 준비를 해 놓으면 현명한 일이 아닐까. 유비무환이란 이런 것이겠지. 요 사이 나의 모습이다.

이즈음에 30여 년 지기 친구가 이사를 왔다. 바로 내 아파트에서 큰길 건너 10분 거리다. 난감했다. 고맙게도 친구는 걱정 말고 이 사태가 진정되면 만나자고 했다. 곧 만나리라는 생각이 나를 편안하게 했다. 둘은 카톡과 전화로 매일 소통했다. 사태는 점점 악화되고 있다. 평범한 일상이 저당 잡힌 듯 멈춰지고 있었다. 모든 모임과 학습과 공식 모임도 문을 닫았다. 잔병치레로 늘 다니던 병원도 가지 못하고 있다. 남아 있던 약과 온열기나 안마기로 대체하며 살고 있다. 놀라운 일은 바이러스로 성당 문이 닫힌 건 난생처음이다. 창살 없는 영어의 몸이 된 듯하다. 이 나이에 다가온 이 사태는 표현키 어려운 심정으로 바글거렸다.

마음만은 그 친구를 만나고 싶지만 차일피일 미룰 수밖에 없었다. 옛날 직장 동료이며 동갑내기 친구다. 저녁이면 하루를 서로 보고하며 위로를 삼았다. 어느 날 밤이었다. 친구는 아주 지친 어조로 이 동네에서 유명한 내과를 물었다. 조금 어지럽고 아프단다. 놀라는 나에게 오히려 걱정 말라며 나를 안심시켰다.

다음날, 그는 동네 병원으로 갔다가 바로 큰 병원에 입원했다. 혹시 '코로나19'를 의심했다. 다행히 아니란다. 입원 이틀 후부터 중환자실에서 쭉 있다가 일반병실로 옮겼다. 문병을 갈 수 없는 처지이니 안타까웠다. 매달리는 건 오로지 기도뿐이었다.

입원 14일째, 그날 저녁에 기대를 걸고 전화를 했다. 아주 힘든 목소리였다. 끊어질 듯 이어지는 말이 전연 들리지가 않았다. 호흡곤란으로 딸을 바꿔 줘 가까스로 그날의 상황을 들었다. 그 밤, 가냘픈 목소리가 친구와 마지막 대화였다.

이튿날 새벽 5시, 소천 소식이 왔다. 이 놀라운 사실이 믿기지 않아 다시 확인을 했다. 이럴 수가. 평상시 그녀는 잠자듯이 주님께로 가는 것이 소원이라더니 바로 수면 중에 소천했다. 내 가까이 이사 온 친구인데 한 번도 만나지 못하고 영원한 곳으로 떠나보내다니. 이 기막힌 사실이 나를 오열시켰다. '코로나19'는 나에게도 큰 아픔과 상흔을 남겼다.

"친구여, 미안해. 가까이 온 자네를 죽도록 아픈 것도 모르고 얼굴 한 번 못 보고 보냈으니 용서해줘. 이제부터 사랑하는 남편과 함께 천상의 기쁨을 누리시기를 기도하오."

그는 동작 국립묘지 남편 옆에 잠들었다. 오래전에 떠난 남편과 함께 흐르는 한강을 보며 한 많은 삶을 조용히 마무리했으리라.

눈에 보이지 않고 만질 수도 없는 작은 바이러스는 인류가 지켜온 일상생활을 마비시킨다. 아직도 물러설 기미가 보이지 않는다. 지구상에서 크고 실력 있는 나라도 공격당하고 있다. 속수무책으로 수만의 사망자를 내고 있다. 오만하기로 이름 난 어느 두 정상들도 코가 납작하게 당하고 있는 상황이다. 노벨 과학상을 받은 과학자들이 두 손 놓고 당하고 있는 이 현상을 설명할 길이 없다. 우리나라를 통째로 살 수 있다고 큰소리치던 어느 재력가 대통령도 어긋나는 예측만 내놓는다. 돈으로 해결할 수 없는 것도 세상에는 있다는 것을 알았으리라.

삶의 시련은 운명과 죽음처럼 우리 삶에서 빼놓을 수 없는 한 부분이다. 그래도 시련을 극복하는 사람은 미래에 대한 기대가 있어야만 세상을 살아갈 수 있다. 그런데 이번 '코로나19'는 인간을 고립시켜 거미줄같이 얽혀 있는 사람과 사람 사이를 외롭게 만든다. 나의 귀한 자식들에게조차 같이 만나는 것을 내가 금했다. 서로 최고의 소통수단인 전화, 카톡, 영상으로 열심히 근황들을 주고받는다.

이번 사태로 새로운 효도방법이 생겼다. 나를 생각하는 자손들이 택배로 음식을 공수하는 거다. 가지각색의 먹거리를 즐비하게 보내준다. 형편 따라 사람의 머리는 잘도 회전된다. 이것이 꽁꽁 얼어붙은 내수가 작게나마 회전이 되지 않을까. 고통의 씨앗 속에서 새로운 희망과 비전이 조심스럽게 자라고 있다.

600여 년 전, 흑사병으로 내일 죽을지도 모르는 두려움에서 유럽인들은 '카르페 디엠(carpe diem)'으로 인사했다. "남겨진 하루를 의미 있게 보내자."는 말로 버텼다고 한다. 지금 이동금지령이 내린 이탈리아의 삭막한 골목 발코니에서 서로를 위로하는 합창이 울려 퍼진다. 기괴하면서도 눈물겨운 풍경 속에 중세 세대의 이 말이 되살아나고 있다. 세계경제가 엉망진

창이 되기까지 불과 한 달 걸렸다. 30억 명 이상이 발이 묶인 것도 사상 초유의 사태일 거다.

코로나는 유일하게 인간에게만 온다. 아마도 인간이 방대하고 오만의 극치를 이룬 이 시점에서 정신을 차리도록 경종을 울린 것이 아닐까. 이제 자신들을 돌아보며 참회와 각오를 해야 될 것 같다. 거듭나야 한다. 인간들이 산업을 멈추니 맑은 하늘이 보인다. 지구가 살아난다. 가정과 가족이 귀한 것을 깨달았다. 큰 나라도 작은 나라도 코로나 앞에서는 평등하다는 것을 알았다. 빈부귀천, 남녀노소, 그 누구도 코로나 바이러스 앞에서는 평등하다. 인간에게는 건강이 최고라는 것을 깊이 알았다. 위기라는 단어 속에는 위험과 기회의 의미를 같이 내포한다. 반성을 모르면 희망이 없다. 우리는 거듭 태어나 단조로운 새 삶을 설계해야 하지 않을까.

때로는 힘들고 우울했던 소소한 날들이 얼마나 소중했던가. 많이 그립다. 내 가족, 아들딸들, 일곱 명이나 되는 손주들을, 만나면 행복한 많은 친구들 언제 자유롭게 만날 수 있을까? 나의 때 묻은 생활 속에서 만나고, 대화하고 웃고 싶다. 맛있는 음식이 있는 곳에 모두 모여 수다 떨던 친구들과도 어울리고 싶다. 더 늙기 전에 더 배우고 싶어 다니던 공부방들, 자연과 함께 마음대로 떠나고도 싶다.

그동안 얼마나 행복한 생활을 살았는지…. 코로나 바이러스여, 어서 떠나가라. 미련 없이 떠나라.

"나의 일상을 돌리도, 돌리도!"

소
녀
의
　　기
　　도

빛바랜 작은 손목시계 하나가 있다. 오랜만에 꺼내본다. 벌써 60여 년 전, 나의 첫사랑이었다. 재산목록 1호였고 나의 자존심이었다.

중학교부터 시계를 차고 있는 친구도 있었다. 오 남매 중 넷째인 나에게 시계는 언감생심 허망한 욕심이었다. 클로버 군락을 헤치며 제일 큰 꽃을 따서 손목시계를 만들어 동생과 둘이 대견하게 쳐다보며 즐거운 대리만족을 했다. 어떤 때는 만년필로 손목에 예쁜 시계를 그려 남의 눈에 뜨일까 봐 부끄러워 조바심을 한 적도 있다.

고모 한 분이 계셨다. 미인이고 멋쟁이로 소문난 분이었다.

그분 사진 중에 큰 나무 그늘에 앉아서 머리는 까미(일본 여성의 쪽)를 하고 날아갈 듯한 한복의 치마를 아주 넓게 드레스같이 펴고 찍은 사진이 있다. 손목에는 우데마끼(손목시계)를 차고 아름다운 자수로 장식된 양산을 쓴 그 당시 내로라하는 신여성이었다. 고모는 처녀 때 집과 가까운 수원 보통학교를 다녔다. 점심시간에는 늘 집으로 와 식사를 하고 잠깐 동안 오수를 즐기는데도 치렁치렁 딴 머리를 하얀 손수건 위에 올려놓고 옆으로 살짝 누워 자고 갔단다. 시계를 찬 고모는 우리의 로망이었다. 어느 사이 우리는 여배우 같은 그 멋쟁이를 은연중에 닮아가려고 노력했다.

"여자는 태어나는 것이 아니라 여자로 만들어지는 것이다." 라고 누군가가 말했던가.

"주님, 저에게 시계 선물을 주세요."

고등학교 진학을 앞두고 매일 기도를 했다. 솔직히 기도 순간에라도 희망을 갖는 그 기쁨이 나를 즐겁게 했을 뿐이었다. 같은 방을 쓰던 언니가 시계를 풀어놓고 씻는 시간이면 나는 놓칠세라 얼른 차보곤 했다. 그때 맛보던 그 감미로운 느낌은 지금 생각해도 짜릿하게 살아난다.

입학식을 앞둔 어느 아침, 일곱 식구가 둥근 상에 둘러앉아 식사가 막 시작되었을 때다. 자상한 큰오빠가 웃으며 나에게 말을 건넸다.

"넷째야, 고등학교에 가면 더 열심히 공부할 거지?"

순간 나는 웃고 있는 큰오빠의 눈길에서 무언가 설레는 직감이 스쳤다. 은연중 나는 기도에 의지했나보다. 오빠가 노란 포장지로 싼 사각의 상자를 내밀었다. 포장지가 구길까 봐 곱게 뜯었다. 오빠의 선물은 정말 시계였다. 꿈은 아니었다. 현실이었다. 온 식구의 환호가 터졌다. 예쁜 '브로바' 유명 메이커 제품이었다. 그 당시 친구들 사이에 인기 있는 브랜드였다. 금색줄을 단 타원형에 조그만 시계, 숫자는 로마식 표기다. 앙증맞게 작은 분과 초침은 쉬지 않고 쨱깍쨱깍 간다. 놀람과 벅찬 기쁨으로 가슴과 손이 떨려 잘 채울 수가 없었다. 옆에 있던 둘째오빠가 손목에 채워주었다. 아라비안나이트에서 날아다니는 담요를 탄 주인공 같았다. 내 생에 오로지 내 것으로 생긴 제1호 재산이었다. 기도는 그분과 직접 통화라고 했는데 작은 소녀의 소망이 이루어졌다.

여자 형제가 세 명이다 보니 옷이나 책가방, 신발까지도 물려받았다. 나는 가운데라 언니 것이 대부분이었다. 동생은 내가 쓴 후 언니 것을 대물림하기에는 체격이 작은 원인도 있지만 너무 낡아져서 결국 새 것을 사 주었다. 나는 이 어쩔 수 없는 상황으로 많은 상처가 아무도 모르게 마음속 깊이 차곡차곡 쌓이고 있었다.

매일 뜨는 태양이지만 그날만큼은 잊을 수가 없다. 새 교복, 새 가방, 까만색 구두에 오매불망하던 예쁜 시계 선물…. 오랫동안 이 감동은 나를 행복하게 했다. 처음 맛보는 내 자존감이었다. 내 머리 위에 아우라가 생긴 기분이었다. 시계는 십여 년을 나와 함께 분신처럼 살았다. 나와 일거수일투족을 같이 했다. 부모님이 주신 내 몸에 또 하나의 수족이 태어난 것같이 오랜 세월을 함께 살았다. 약혼 시계를 받을 때까지 나와 하나였다.

같이 사는 동안 사건도 있었다. 학교 화장실에서 손을 씻느라 풀어놓았다. 까맣게 잊은 상태에서 수업을 마친 후, 그제야 생각이 났다. 하늘이 무너지는 아픔이 몰려왔다. 허둥지둥 달려가니 그 자리에 없었다. 그 허망함은 지금 생각해도 전율이 온다. 교무실로 달려가 보고를 했다. 그때는 방송시설도 없는 상태이니 난감했다. 다행히 같은 반 친구가 발견하여 장난으로 감추었다가 내어 놓았다. 다시 만난 그 기쁨은 처음 만났던 기쁨보다 더 크게 느꼈다.

나는 직장인이 되면서 여유가 생기는 대로 여러 가지 색상과

디자인이 다른 꽤 많은 종류의 시계를 모았다. 더러는 의미가 있는 것도 있다. 현재는 유명을 달리한 한국의 굴지의 인물이 선물로 준 '부부 시계'는 내 젊을 때 전력투구를 한 직장인의 긍지를 일깨워 주는 표상이다. 이제는 아날로그에서 디지털로 변모한 수많은 형태의 시계가 봇물처럼 쏟아져 나왔다. 하지만 쓸 일이 없다. 이제 시계의 본연의 기능보다는 액세서리 역할이 큰 것 같기도 하다. 나에게는 스마트 폰 사용으로 거의 그 기능을 다 하지 못하는 것 같다. 나이가 많은 이에게는 두 가지 사용이 번거롭기만 하다. 이제는 내 지나온 세월 속에 나를 지키던 그를 귀하게 간직하는 대우를 해 주고만 있다.

골동품은 작품성과 년도도 중요하지만 누가 애장을 했던 가도 가치의 기준이 될 거다. 그러나 이 조그만 시계는 나만의 소장품이고 애장품이다. 누가 가치를 판단할 필요도 없다. 남에게는 폐기처분 물품일지도 모르나 아직도 이 애장품을 사랑한다. 구겨지고 주눅 들었던 어린 시절의 자존심을 세워준 이 시계, 당당히 세상 속에서 설 수 있도록 나를 키워 준 보배다.

과거를 바라보는 사람은 노인이고 미래를 바라보는 자는 청년이라 했지만 오늘도 나는 시계를 꺼내 본다. 큰오빠의 환한 웃음이 오버랩 되다가 사라진다.

계수나무 이파리 하나

초가을 비가 멈췄다. 찬란한 햇살이 울창한 나무 사이를 뚫고 흰 줄기가 되어 내리쪼인다. 빗물을 머금은 나무들의 싱그러운 내음이 가슴을 확 열리게 한다. 국립수목원 숲길이다.

휘어진 길로 들어선다. 작은 나무와 큰 나무들이 오솔길을 사이에 두고 적당한 거리로 조화롭게 서 있다. 솔솔 부는 바람과 함께 많은 사연을 주고받는 몸짓들이 평화롭다. 그들만의 은어로 대화를 하는 것 같아 경이로움을 느낀다. 나도 그들 속에 작은 나무가 된 듯 설렘이 온다. 그들 앞에는 나무의 고향과 이름을 쓴 문패를 세워 놓았다. 문패가 마치 수문장 같아 보인다.

숲 사이로 귀하게 생긴 나무 한 그루가 눈에 들어온다. 순간, 내 가슴의 고동이 빠르게 뛴다. 다시 한 번 확인해 본다. 고급 비단으로 만든 옥색 저고리에 연분홍치마를 입은 여인의 모습이다. 훤칠하고 단아하게 귀티가 흐르는 귀부인의 환영이 스친다. 반가워 탄성이 나온다. 계수나무다. 오래도록 찾았던 신비의 나무, 전설의 나무가 눈앞에 있다. 수많은 이파리들이 춤을 추는데 큰 덩치의 몸체는 미동도 하지 않고 서 있다.

문패에는 '녹나무 과속, 상록교목. 중국 남방과 동인도 분포. 껍질은 계피, 용도는 향료. 과자와 요리의 향신료'라고 쓰여 있다.

푸른 하늘 은하수 하얀 쪽배에 계수나무 한 나무 토끼 한 마리 (중략)

어린 시절 나에게는 계수나무는 상상의 나무였다. 내 앞에 있는 계수나무는 색깔이 선명하고 밝은 빛이다. 초롱초롱 매달린 잎사귀는 하트형이다. 부드럽고 촉감이 좋다. 은은하게 솜사탕 내음이 퍼진다. 신기한 일이다. 이 큰 나무에서 이렇듯 포근한 정감이 넘치게 나오다니…. 차분한 분위기와 고급스러운 자태가 환희를 안겨 준다. 사람으로 치면 귀하게 자라서 학식과 교양과 덕망을 지닌 지체 높은 집 자손과 비유할까. 촘촘히 매달린 하트형 초록 잎들이 사랑을 뿌려 주는 것 같다.

손을 내미니 마디가 길고 하얀 보드라운 손이 내 손을 잡는 듯한 따스함이 느껴진다. 촉감에서 아주 익숙한 느낌이 온다. 옛날의 내 어머니의 손길인가, 아니면 내 손을 조용히 놓고 간 언니의 손길인가.

나무를 쳐다보고 있으니 마음이 편안하다. 두 팔을 벌려 나무를 안는다. 나무의 촉감이 가슴에 스며온다. 묘한 기분이다. 혈맥이 통하는 것 같은 착각이 든다. 나무의 체관과 물관이 나의 혈을 통하여 나도 계수나무가 되는 것 같다.

조용한 미소를 지은 얼굴 하나가 오버랩된다. 훤칠한 키에 유난히 가지런한 하얀 이를 드러낸 모습, 반 곱슬머리의 호남, 오래전에 내 곁을 떠난 남편의 얼굴이다. 놓치지 않으려고 눈을 감는다. 부드러운 촉감이 얼굴에 닿는다. 신비감이 온다. 이제는 잊은 줄 알았던 남편의 체취가 아닌가. 향기로움이 나를 감싼다. 황홀함이 나를 안는다. 그대로 폭 잠들고 싶다.

얼마나 지났을까. 쏴 하는 바람소리에 눈을 떴다. 계수나무 잎사귀들이 후드득 내 얼굴에서 떨어져 날아간다. 팔랑이며 멀어져 가는 하트형 잎 하나, 심장을 닮은 계수나무 잎 하나.

아, 당신이었군요….

그는 오전 10시에 떠났다

　어둠이 짙게 내려앉는 거실, 〈기차는 8시에 떠나네〉를 수없이 반복하여 듣는다. 저음에서 묻어나는 여가수의 끊어질 듯 이어지는 노랫말이 슬프다. 절규하듯 부르는 소리는 가슴을 파고든다. 그리스의 작곡가 미키스 테오도라키스의 〈내 기억 속에 11월은 영원히 남으리〉를 아그네스 발차가 슬픈 가사로 바꾼 노래다.

　그가 많이 아프다는 것을 안 것은 몇 달 전이었다. 발병한 지 2년이 넘었다. 불치병에 가까운 악성 혈액암이었다. 그 소식에 모두가 가슴앓이를 했다. 우리가 안다는 것을 원치 않은 그였다. 내색도 않고 가르치는 일에 게으름도 없었다. 2년 동안 결석도 없는 투병을 했다. 우리들은 위로도 못하고 태연히 그를 대했다. 날이 갈수록 점점 병세가 나타나 그의 모습이 변해 갔다. 어느 날, 본인이 털어놓았다. 우리는 조용한 오열을 했다.

그는 우리 동기동창들의 노년을 풍요롭게 만드는 원동력을 준 사람이다. 인터넷을 잘 모르던 그 시절에 우리에게 걸음마부터 알려 준 영원한 사부이다. 그는 공학을 전공한 사업가로 바쁜 가운데도 우리들의 미래를 밝게 만들어 준 은혜로운 사람이었다. 자기의 사업보다 오히려 우리의 수업에 더 비중을 주는 듯이 보였다. 수시로 전화로 묻고 부탁하면 언제나 도와주었다. 교재가 끝날 때마다 그는 '책거리'로 떡과 식혜를 해 왔다. 부인의 협조로 십여 년을 이어왔다. 그때마다 우리들은 잔치 분위기로 행복했다.

매월 첫째, 셋째 토요일은 인터넷 공부하는 날이다. 벌써 13년째이다. 뜻이 맞는 친구끼리 결속하여 아이클럽이라는 소모임을 만들었고 나는 창단 멤버이다. 친구는 13년째 우리를 가르치는 첫 토요일 담당이다.

그 날은 셋째 토요일, 10시 무렵이면 모여서 강의 시작 전에 즐거운 난상 토론을 한다. 그가 담당한 날은 아니지만 언제나 일찍 와서 셋째 주 사부의 강의를 같이 듣곤 했다. 시간이 다 되어도 그의 모습은 보이지가 않았다. 말들은 하지 않았지만 은근히 불안했다. 문이 열릴 적마다 누구랄 것 없이 시선을 돌려 마음으로 기다렸다. 그는 수업이 끝날 때까지 끝내 보이지 않았다. 불길한 예감이 스쳤지만 서로가 침묵했다. 수업이 끝나 모두 점심식사를 했다. 식사 후 뿔뿔이 헤어져 각자 자기 세상 속으로 돌아갔다. 오전에 불안했던 마음을 접어두고 아무 일도 없는 듯이 평온한 마음으로 헤어졌다. 한 치 앞을 못 보는 인간의 우매함, 자유로운 생활에 젖어 그를 까맣게 잊었다.

4시쯤 부음이 왔다. 온 세상이 내려앉은 듯했다. 그의 임종 시간은 셋째 토요일 오전 10시였다. 언제나 모여 공부를 시작하는 시각에 많은 연민을 안고 저 먼 세상으로 조용히 갔다. 우연일까. 어떻게 그 시간에 떠났을까. 떠나면서도 우리를 잊지 못했나. 책임감이 컸던 친구는 마지막 순간에서도 십여 년 동안 온 정성을 쏟은 아이클럽 공부하는 모습을 가슴에 담고 떠났나 보다.

장례를 끝내고 생각해 보니 가슴을 흔드는 그의 마지막 행동이 있었다. 떠나기 전 홈페이지 서브를 그가 찍은 사진으로 바꿔놓았다. 우리 동창들이 십여 년 전 '만남 50주년 기념 캐나다 여행' 때의 작품이다. 떠나기 이틀 전에 〈음악이 흐르는 아침〉이란 프로그램에 프란츠 슈베르트의 리트 〈밤과 꿈〉을 게시판에 올렸다. 고요한 밤에 사람을 취하게 만드는 꿈에 대한 찬가다. 그 내면에 흐름은 인간의 죽음의 뉘앙스가 전해지는 음악이다.

죽음이 생에서 벗어나는 것은 찰나다. 하지만 죽음 후의 거리는 하늘과 땅 사이보다도 더 멀다. 끝없는 평행선이다. 하지만 그의 따뜻한 우정과 깊고 뚜렷한 흔적들은 우리들 가슴에 영원히 남을 것이다. 우리들의 노년을 황금빛 인생으로 바꾸어 준 그다. 변하는 세대를 멋있게 살아가는 노익장으로, 그의 헌신이 우리를 팔순에도 컴퓨터와 함께 살아갈 수 있도록 선물했다. 가슴이 아리도록 밀려오는 아쉬움이 너무 크다. 어찌 잊으랴….

나는 컴퓨터에 앉아 마우스를 든다. 그의 인자한 모습이 눈에 선하다. 내 나이 더 들어 기억이 흐려지기 전에 떠나간 친구의 영전에 내 기억 속에 영원히 남을 조촐한 글 한 편을 받치리.

그의 영혼을 태운 기차는 오전 10시에 떠났다.

낯선 별에 가다

노란색의 테이프가 들어가는 입구마다 친친 감겨있다. 기척이 전혀 없는 이곳은 마치 전쟁 후 폐허를 상상케 한다. 어느 구석에선가 패전 군인이라도 튀어나올 것 같다.

불과 넉 달 전에 모습과 이렇게 달라질 수가 있을까. 질서 있게 줄지어 있던 울창한 소나무들은 톱으로 잘린 자리만 남아 있고, 하늘을 찌를 듯 하던 메타세쿼이아의 많은 그루는 흔적도 없다. 찬란한 봄을 장식하던 벗나무들과 울창한 숲을 이루던 수많은 나무는 토막으로 잘려서 다발로 묶어 나뒹군다. 어느 사이 잡풀이 키를 넘을 것 같다. 다 낡은 5층 아파트들은 현관 입구를 붉은 글씨로 '출입금지'라고 쓴 X자 나무판으로 막아 놓았다. 소름이 오싹 돋는다. 무거운 정적이 흐른다. 가슴에 짠한 연민과 설명할 수 없는 차디찬 설움이 목까지 차오른다.

"몽골인들은 나갈 때 문을 잠그지 않는다. 사막에서 길을 걷던 지친 사람들이 들어와 쉬고 갈 수 있도록 하는 배려다."

아무려나 단 한 곳도 들어갈 틈이 없이 해 놓은 것에 빡빡함을 느낀다. 하지만 곧 그들의 입장이 이해가 된다.

다시 뒤쪽으로 가 넘겨다보니 아이들이 뛰어놀던 놀이터가 보인다. 미끄럼틀, 그네, 회전의자 등등이 아직 그냥 남아있다. 숫자가 적은 아이들이었지만 꽤나 재잘거리던 음성이 들리는 듯하다. 지하수를 끌어올려 나오던 수도꼭지 네 개가 조는 듯 매달려 있다. 그 앞에서 야구선수 옷을 입은 남자아이들이 땀을 뻘뻘 흘리며 시합을 하던 모습이 스친다. 그나마 활짝 핀 무궁화 몇 그루가 이 삭막한 곳을 지키고 있다.

재건축으로 아파트가 헐린다. 6년 전 나는 이 아파트로 이사를 왔다. 칠십을 넘은 나이에 혼자서 남은 생을 새롭게 살고 싶었다. 삼층에 있는 내 집은 창을 열면 울창한 나무가 바로 눈앞에 있다. 봄이면 가장 먼저 피는 꽃 목련을 비롯하여 수많은 나무가 빼곡히 서 있었다. 그들과 함께 자연을 호흡하며 살았다. 형체를 본 적이 없는 새 한 마리가 가장 큰 나무속에서 늘 울곤 했다. 나는 녀석을 끝내 한 번도 못 보고 떠났다.

정남향으로 된 거실에는 맑고 밝은 볕이 가득히 들어왔다. 열여섯 평, 작은 집은 내 환희로 가득 차 어느 사이 6년을 훌쩍 보냈다. 아침은 가장 먼저 새소리 알람으로 시작되었다. 자기들끼리 무슨 사연이 그리 많은지…. 밤이나 낮이나 구성진 소리를 내며 떠다니는 비행기는 밤의 정취를 더 높였다. 어느 때는 고요한 세레나데로도 들리고, 기분이 다소 가라앉은 때는 슬프게도 들리곤 했다. 내 침실 제법 넓은 창에 큰 유리를 통하여 들어오는 시리도록 창백한 보름 달빛이 나를 황홀하게 만들고는 했다.

7만여 명이 살고 있다는 과천에 올 때, 아는 사람이라곤 내 언니 단 한 분이었다. 주민센터에 가서 신고로 이곳 시민이 되었다. 성당에 가서 교적을 옮겨 과천성당 교우도 되었다. 어느 정도 정리를 끝내고 언니와 함께 과천을 공부하러 나섰다. 여기저기를 다녀 대충 익히고 무엇을 배울까를 고민하며 시청과 도서관도 찾았다. 우선 과천문인협회를 찾아가 등록을 했다.

점점 과천에 은은한 사랑이 움트기 시작했다. 네트워크가 구성되어 갔다. 인간의 삶은 수많은 선의 연결이다. 올바르게 짜였을 때 인간은 인정받는 사회 속에 구성원으로 살아가는 행복을 느끼게 될 것이다. 이렇게 점점 과천시민으로 자리매김을 착실히 해 나갔다.

내가 살던 1단지 관리실에서 전화가 왔다. 일본에서 보내온 책을 찾아가라는 내용이다. 3일 후에는 완전히 관리실도 문을 닫는단다. 오늘 내로 나는 그 책을 받아야 한다. 관리실에 전화를 했다. 상가 앞 테이프를 살짝 들고 들어오라고 한다. 왠지 가슴이 두근거리며 진정이 안 된다. 벌써 땅거미가 내린다. 테이프를 올리고 들어가는 데 어떤 무리가 쏜살같이 내 앞을 휙 지나간다. 얼마나 놀랐는지….

고양이들이다. 자세히 보니 새끼 두 마리와 큰 놈 두 마리다. 보통 고양이들은 물려 다니지 않는데 그사이 고양이 일가를 이루었지 싶다. 아마도 여기에 저런 고양이 가족들이 꽤나 많을 거라는 생각이 든다. 녀석들이 폐허가 된 이곳에서 점령군이라도 된 듯이 활개를 치며 주인 노릇을 하나 보다.

익숙한 길인데 왜 이리 무서움이 몰려오는지. 괴기영화의 한 장면 속을 걷는 것 같다. 죽음과 만나는 깊은 두려움과 슬픔이 한꺼번에 쏟아지는 듯하다. 세상에서 한 번도 경험 못한 낯선 별에 온 기분이다.

3년 후 27층 웅장한 고층아파트가 완성하는 날, 이 가라앉고 침침한 오늘의 분위기는 아득히 사라지겠지. 사람의 온기가 얼마나 세상을 따뜻하게 하는지, 수많은 사람의 발길이 살아있는 혼을 불어넣어 천지를 활기 있게 만드는지도, 인간의 고리가 온 누리를 밝게 하고 희망을 주는 터전이 되는 줄도 이제야 깊게 알 것 같다.

관리실에서 책을 받아 안고 나온다. 이 괴괴하고 음침한 분위기에서 어서 벗어나려고 뜀박질로 들어온 길을 찾아 뛴다. 안간힘을 다하여 힘껏 달린다. 땅거미가 내리고 있는 길 위에 멀리서부터 푸름을 안은 서광이 서서히 다가오는 느낌이 온다.

인간 누구나 그렇듯이 나는 지금 천천히 내 인생의 마지막 별을 향하여 가고 있는 중이다. 아마도 그 별도 역시 낯선 별이 겠지….

4
부

나의 매력자본

　매력은 현대사회의 경제 자본이나 사회와 문화자본과 같은 개인자본 중 하나가 아닐까. 이는 다른 사람의 감정과 본능을 사로잡는 힘으로 보아 '매력 자본'이라고도 할 수 있다.

　나에게는 어떤 매력자본이 있을까. 우선 나에게는 자신을 존중하고 사랑하는 마음은 크다. 점수로 따지면 70점 정도는 되지 않을까. 종가 며느리로 살아오면서 네 아들딸들을 키우고, 반평생을 직장생활을 하다 보니 나를 위한 몫은 언제나 적었다. 나를 세상 속에서 키우느라 밤잠을 설치며 노력하고 배우며 살아왔다.

그녀는 예쁘다

가을의 흔적이 점점 사라지고 있다. 하늘공원에 하얗게 핀 갈대들의 흐느낌이 차갑게 느껴지고 앙상한 나뭇가지가 더욱 쓸쓸하게 한다. 예상치도 않은 첫눈도 내렸다. 겨울이 다가오는 속도가 빨라지는 듯하다.

제 부모 곁을 떠나 공부하는 맏손녀 경이가 걱정이 된다. 혼자서 하는 생활이 처음이라 안쓰럽다. 허허벌판에 여린 화초 한 포기 내어 놓은 것 같아 늘 불안하다. 험한 세상이다 보니 이것저것 마음에 걸리는 것이 많다. 전화나 문자가 소통이 잘 안 되면 온갖 상상으로 잠 못 이룰 때가 있다. 쓸데없는 짓이지만 할미의 마음은 통제가 되지 않는다. 따뜻한 옷을 사주고 싶었다. 14살까지 함께 살면서 키운 아이라 잘 안다고 생각하여, 기쁜 마음으로 몇 가지를 준비했다. 좋아하는 모습을 상상하며 가슴이 설레기까지 했다.

전철 입구로 마중을 나갔다. 하지만 4개월 만에 만난 손녀를 보는 순간, 새 옷을 준비한 내 생각은 틀렸다는 직감이 왔다. 순간 머리 뒤쪽에서 무언가 서늘하게 빠져나가는 느낌이 들었다. 이제 대학 일 학년생인데, 내 앞에 서 있는 손녀는 완전히 세련된 숙녀다. 그다지 비싼 옷도 아닌데 단아하면서도 깔끔한 차림이다. 검정과 회색의 색상으로 하얀 피부에 잘 어울리는 단순한 스타일이다.

내 집 안방에 정성스레 마련한 이 아이의 옷이 눈앞에 어른거린다. 사랑의 마음으로 준비한 것들이지만, 아주 어린 학생으로 취급한 수준의 옷이라는 것을 이제야 깨달았다. 손녀가 과연 몇 가지나 선택해 줄까. 마치 실기시험을 치르는 수험생 같은 마음이다.

가까운 식당에서 저녁식사를 했다. 그동안에도 나는 머릿속으로 손녀에게 하나하나 옷을 입혀 보았다. 어찌 보면 잘 통과가 될 듯했다. 생각해 보니 주객이 완전히 바뀐 셈이다. 어처구니가 없어 보이기까지 했다. 억울하다는 보상심리도 일었다. 그러나 아직 손녀가 보지 않았으니 기대해 보자는 생각도 들었다.

잠시 후 행거에 걸어 놓은 옷들을 쭉 본 손녀의 얼굴에서 실망의 그림자가 스쳤다. 첫 한마디가, "할머니, 죄송해요. 저 이런 옷 골라서 민서(손녀의 외사촌 동생)에게 주었는데. 어쩌지? 이거 반품도 되죠?"

할 말을 잃었다. 패션이라면 그래도 시대를 잘 따라간다고 생각했던 내가 아주 햇병아리 숙녀에게 참패를 당한 셈이었다. 나의 잣대로 만든 틀 속에 넣고 내가 이끄는 방향으로 억지로 끌어들이려고 했던 거였다. 옛날에는 내가 옷을 사주면 "할머니 최고!"라며 좋아했는데….

손녀는 조금 생각을 하더니 후드가 달린 회색 스웨터를 골랐다. 대롱대롱 매달린 가격표가 자기의 가치를 과시하는 듯 끌려 나갔다. 그나마 하나가 선정되었다. 순간 야속했지만 뒤이어 오는 어떤 빛이 나에게 환히 비추고 있었다. 그리고 그 빛은 안도와 희열을 나에게 안겨 주었다.

이제껏 손녀는 자신의 투철한 주장도 없이 어른들이 하라는 대로 순응하며 따랐다. 자존감과는 거리가 있는 그저 예쁜 소녀로만 살아왔지 싶다. 분별이나 취사선택의 능력이 없는 어린아이로만 생각해 오지 않았던가. 그런데 이젠 그게 아니었다. 새 옷이니까 욕심으로 받을 수도 있음에도, 깔끔하게 거절하는 능력이 아이에게 있다. 자신의 표현이 확실했다. 그 아이 나이쯤에 나는 과연 그러했을까.

새삼 선택을 하지 않았다는 실망이나 괘씸한 마음은 들지 않았다. 오히려 상쾌한 기분이었다. 내 손녀가 잘 커 가고 있구나 싶었다. 어떤 틀에 갇히지 않고 자유로이 자기의 판단의 방향대로 정직하게 살아가는 모습이지 않은가. 세상에 끌려가지 않고 소신껏 자신을 표현하는 그의 용기가 내 가슴을 뛰게 했다.

새내기 숙녀는 어느새 자기만의 틀을 차곡차곡 튼튼하게 쌓아 가는 중이었다. 그래 흐르는 시간 속에 넓고 깊이 있게 커 가며 슬기롭고 지혜로운 여인이 되어 가리라. 이제 나도 지금까지의 틀에서 과감히 벗어나 좀 더 열린 눈으로 멋진 새 틀을 만들어야 할 것만 같다.

TV에서 가수가 노래를 부른다.

'그녀는 예뻤다.'

나
의
매
력
자
본

　세상과 잘 어울려 살려면 부단한 노력이 필요하다는 것을 때때로 깨닫게 된다. 자신의 가치를 높이는 일에 시간 투자를 하고 빠른 템포로 변하는 세상을 배워 나아가야 한다. 그것은 이 세상에 어울리는 나만의 개성과 특징이 무엇인지 끊임없이 찾아내어 차근차근 쌓아 나가는 일이다.

　최근에 책 한 권을 읽었다. 경제학자 캐서린 하킴의 쓴 ≪매력자본≫이다. 저자는 책을 통해 자존감과 유머, 스피치, 이미지, 친화력, 밀당 등을 매력자본이라 칭하고 이것이 세상을 행복하게 살아가는 힘이자 경쟁력이라고 주장하고 있다.

지금은 개성시대, 세상이 좋아하고 자신도 만족하는 나를 만들어 가는 것이 현명한 처세이지 싶다. 우리 모두는 인생이라는 경기를 뛰는 선수라고 누군가 말했다. 너도 좋고 나도 좋은 공동체 의식 속에 살 수 있는 '가치 있는 인간'으로, 나의 행동이 상대방의 성장에 도움을 줄 수 있는 '의식 있는 인간'으로 살아간다면 그 인생은 성공한 것이리라.

매력은 현대사회의 경제 자본이나 사회와 문화자본과 같은 개인자본 중 하나가 아닐까. 이는 다른 사람의 감정과 본능을 사로잡는 힘으로 보아 '매력자본'이라고도 할 수 있다.

나에게는 어떤 매력자본이 있을까. 우선 나에게는 자신을 존중하고 사랑하는 마음은 크다. 점수로 따지면 70점 정도는 되지 않을까. 종가 며느리로 살아오면서 네 아들딸들을 키우고, 반평생을 직장생활을 하다 보니 나를 위한 몫은 언제나 적었다. 나를 세상 속에서 키우느라 밤잠을 설치며 노력하고 배우며 살아왔다.

오십 년을 친하게 지내는 친구에게 물었다. 그가 본 나를 말해 달라 했다. "유머는 그런 대로 있는 편이고, 어느 좌석이든 같이 있으면 편안해서 좋다. 스피치나 친화력이 있고 천성이 떠들썩하지 않다. 남의 이야기를 진심으로 잘 들어 준다.

배려심이 깊고 사교성이 있어서 곧 친해질 수 있고, 남의 말을 가볍게 옮기는 편도 아니고 고지식한 의리파란다. 제 것만 움켜쥐지 않고 비교적 잘 나누는 성격이다. 한 번 사귄 친구를 쉽사리 잊지 않고, 버리지도 않기 때문에 자기와도 긴 세월을 변함없이 살아온 것 같다."했다.

친구의 이 말은 지금껏 내가 살아온 세상이 운 좋게도 따뜻한 이웃들이 많았기 때문일지도 모른다.

매력 있는 사람에게는 네 가지 특성이 있다고 한다. 돈 있고 건강한 사람, 적당한 지식과 지혜와 끼가 있는 사람이다. 나야 부자도 아니고 평범한 사람이지만 따지고 보니 남에게 꾸러 가는 정도는 아니고, 작은 집이 있고 오래된 자동차지만 급할 때 탈 정도는 되니 행운이다. 다달이 나오는 생활비는 만족하지는 않지만 그런대로 살아갈만하다. 그리고 무엇보다도 내가 뿌린 내 분신들이 15명이나 되니 인적 부자다. 건강은 다소 불편한 데도 있지만 이 나이에 이만하면 감사하며 살아야 한다. 다만 지식과 지혜는 부족함이 많아 보충하려고 일주일에 몇 시간을 공부하고 있으니 앞으로도 꾸준히 배우면 되지 않을까.

다행히도 나의 끼는 방만한 사회 속에 살면서 혜택을 받고 무난히 살아가는 방편이 되곤 한다. 나이는 많아도 아직까지 패션 감각이 좀 있다. 친구가 울고 있을 때 같이 울 수 있는 순수한 가슴도….

이런 것들이 부끄럽지만 나의 매력자본이 아닌가 싶다.

존재는 하나지만 수행하는 구실에 따라 여러 가지 표정을 지으며 사는 것이 사람이다. 이 과정에서 심신이 고달플 때도 있겠지만 그만큼 인생에 아름다움과 보람을 지니게 된다. 우리가 사는 것은 인간학의 한 페이지 한 페이지를 메우는 것이다.

인생은 끝없는 순례길이다. 심신이 고달플 때도 있지만, 나는 내 인생의 한 페이지 한 페이지를 멋지게 채색하려 노력한다.

오늘도 나의 매력자본의 충전을 위해 멈추지 않는다.

미
로

찾
기

지구는 최첨단 과학으로 눈이 부시게 발전하고 있다. 과거의 상식으로는 상상할 수 없을 정도로 또 다른 정점을 향해 치닫고 있다. 사람이 할 수 있는 선을 넘어 보이지 않는 경지까지 줄행랑을 친다. 금세기에 인간이 만든 바벨탑이 또 한 번 하늘의 노여움을 살지도 모른다는 두려움마저 감돈다.

자연에 순응하며 느리게 살고픈 사람들은 빠르게 발전하는 최첨단 문명의 속도를 쫓아갈 수 없다. 말을 하고 싶어도 참고 살 때가 더러 있다. 앞장서서 달리면 오만한 마음으로 변하기도 하고 어떤 이는 외로움을 하소연하기 쉽다. 인간을 만든 조물주의 실수였나. 지구상의 모든 생명체는 인간과 더불어 살아야 하는 존재들이다. 자연 그대로 보존하는 것이 지구를 살리고 세계를 살리고 나를 살리는 바로미터가 아닐까.

지금 내가 걷는 이동거리는 빛의 최첨단, 그 선상일지도 모른다. 저 모퉁이를 돌기 전, 갈림길 앞에서 또렷하게 만나는 길이 보인다면 얼마나 좋을까. 내 인생뿐 아니라 내 주변 사람들의 행보도 목적지를 향한 최단거리인지 아닌지 헷갈려 인생은 '미로 찾기'다.

메마른 가슴을 안고 사는 요즘이야말로 인문학과 함께 해야 한다. 가장 절실하게 필요한 것이 음악이나 미술, 문학이 아닐까 싶다. 그런 의미에서 모든 예술은 생활의 한 축을 이룰 수 있어야 한다. 글을 쓰는 일은 '자기 구원'이며 어떤 일보다 치유가 빨라 자신을 즐겁게 한다. 문학은 다른 지적 활동에 비하여 자기가 즐겨하는 일이라 삶과 밀접하게 연결되어 있다. 문학이 생존수단에 도움이 되는 능력자라면 이는 신의 축복을 받은 사람이다.

삶은 설렘의 만남이고 나눔이다. 설렘이 없는 만남은 스침에 불과하다. 나는 날마다 무엇인가와 끊임없이 만나 변하고 있다. 이 소중한 것들과 만남이 삶이요, 그 표현 방식이 곧 문학이다. 내가 사랑하는 문학이 없으면 얼마나 황량한 사막일까. 세상이 아무리 최첨단 과학시대 한가운데 있더라도 묵묵히 문학과 동행하는 글쟁이로 남을 것이다.

가을색이 완연하다. 나는 오늘도 글밭에서 서성인다.

베로니카

가슴이 편치 않다. 당당하고 패기 있던 모습은 어디로 갔는지. 긴 우산을 돌돌 말아 지팡이로 짚고 구부정히 서 있는 친구의 모습이 눈물이 나도록 아프다. 아니 도리어 화가 난다. 자신을 포기하는 듯해서다.

그녀는 나와 동갑내기 가톨릭 신자로 세례명이 베로니카다. 우리는 간혹 형님 아우를 놓고 티격태격하며 웃곤 했다. 그녀는 체격이 크고 사교적이다. 많은 사람들에게 신임도가 높아 어디서나 왕언니다. 한 곳에서 40여 년을 살고 있어 동네에서는 모르는 사람이 거의 없다. 교직자로 퇴임한 부군은 덕망이 높아 존경받는 온 동네의 멘토이다. 그녀네는 대문을 활짝 열어 놓고 사는 유일한 집이다. 초인종을 누를 필요가 없다. 서울에서 이런 집은 아마도 드물 거다.

우린 직장 선후배로 만났다. 긴 세월을 같은 지역에서 살았고 종교도 같아 더 가까워졌다. 세월이 흐르면서 우린 순수한 자연인으로 돌아가 완전한 친구가 되었다. 하늘 아래 그와 나는 비밀이 없다. 코드가 맞고 취미도 비슷하다. 삼십여 년을 살면서 거의 그림자처럼 살고 있다. 간혹 싸우기도 하지만 금방 풀고 평상시로 돌아간다. 주위 친구들이 우리는 전생에서 부부였을지도 모른다며 웃는다.

그녀는 십자가를 메고, 골고타 언덕을 힘겹게 올라가는 예수님의 피땀 어린 얼굴을 닦아드린 베로니카를 많이 닮았다. 80kg가 넘는 거구였다. 남에게 베풀기를 잘하고 여장부 같은 면이 있는가 하면 여성스러운 섬세함도 있다. 남다른 손재주로 각양각색의 묵주를 만들어 많은 사람들에게 선물로 기쁨을 준다. 걸음이 빠르고 웃음소리가 커서 그녀가 있는 곳은 늘 떠들썩하다.

아쉬움이 있다면 지구력이 없는 점이다. 무슨 일이든 시작하면 꾸준히 끝까지 못하고 중도 하차가 많다. 지금도 아쿠아를 한다고 등록을 하고는 가는 날보다 안 가는 날이 더 많은 것 같다. 또 가장 특이한 것이 요리 솜씨가 없고 집안 정리를 못한다. 무남독녀로 성장한 습관이 배어서인가 보다.

베로니카에게 변화가 왔다. 우연히 몇 번 넘어진 후유증으로 다리와 허리 통증을 호소하더니 이젠 구부정한 허리를 지팡이에 의지하고 다닌다. 체중도 70kg로 미만으로 줄었다. 자신을 사랑하여 부지런히 치료와 운동을 열심히 했더라면 저런 모습은 안 될 것을…. 게으른 성격이 저 지경을 만들었지 하는 억지스러운 투정이 나온다. 오늘도 버스에서 내리다가 다리를 다쳤단다. 한방치료로 누워있는 모습이 눈에 선하지만 지금은 나도 갈 수 없는 사정이라 안타깝다.

친구는 늘 나를 챙기느라 바쁘다. 매일 전화로 식사와 일정을 확인한다. 건강 생각해서 활동을 줄이라고 야단이다. "그 나이에 무얼 그리 배우러 다니느냐, 쉬어야 산다."며 성화다. 좋은 식당을 발견하면 나를 데려간다. 둘이서 건강해야 황금의 세월을 즐겁게 살기 위해서란다. 긴 여행을 갈라치면 영양주사 맞을 돈을 내 계좌로 보낸다. 그녀에게서는 늘 풋풋하고 구수한 인간의 맛이 풍긴다. 전생에 우린 무슨 인연이었을까.

나도 예외는 아니다. 불편한 날이 점점 많아지는 듯하다. 아파트 문만 열고 나가면 즐비한 병원에 많은 내 족적을 두고 있다. 누군가 말했다. 나이가 들어서는 병원 드나드는 것을 단골 찻집 가듯 하라고. 그래야 그나마 건강을 유지할 수 있으니 아픈 것을 미루지 말고 순리대로 살라나.

세월이란 녀석은 팔팔하던 우리를 형편없이 만들려고 하지만 어림도 없다. 100세 시대의 우리들의 사회적인 나이는 56세이다. 자기 나이에 70%이니까. 이제 신 중년에 막 들어왔다. 우리는 열심히 가꾼다. 깨끗한 모습뿐만 아니라 사람의 도리로 어떻게 살까를 서로 토론도 하고 다짐도 한다. 우리 나이 또래의 단순한 '늙은이'가 되지 않으려고 노력하는 편이다. 어느 책에서 보니 "얼굴 표정은 인생의 성적표다. 늙을수록 얼굴에 웃음이 그려져야 한다."라는 구절이 있다.

나잇값이라는 것은 살아온 만큼 철이 드는 것이다. 철이란 곧 순리이다. 상식에 어긋나는 생활태도는 많은 사람들에게 부담을 줄 수가 있다. 이것이 바로 노인이 아닌 '어르신'으로 사는 방법인 듯하다. 우리는 예쁘고 곱게 우아하게 늙고 싶다. 인간은 과거와 미래의 중간이다. 현재는 과거의 결정체라면 현재는 미래를 예지하지 않을까. 노화는 피할 수 없다. 그러나 퇴화는 자신의 노력으로 어느 정도 막을 수 있다.

5월이 다 가기 전에 베로니카를 가까운 대공원으로 초대해야겠다. 짙은 녹음 속 호젓한 벤치에 앉아 그동안 밀린 이야기를 나누리라….

그녀와 내가 생을 다하는 날까지 동행하기를 늘 기도한다.

모퉁이

모퉁이를 돌아서면 무엇이 있을까. 큰길이 나올까, 골목길이 이어질까, 솔향기 풍기는 오솔길이 나올까. 어릴 적 술래잡기하던 친구의 체취가 아직도 서려 있을지도 모른다. 따뜻하게 포옹을 하고 있는 청춘들이 있을지도….

나는 점점 모퉁이 자리를 좋아한다. 많은 세월 속에 변해버린 모습이다. 특히 의자가 아닌 방바닥에는 예외 없이 그 곳을 파고든다. 중앙 자리를 차지하며 산 세월이 수월찮게 길었다. 이십여 년을 기관장으로 지내며 고객 접대와 본사 윗분들과 식사를 해도 항상 그분들 옆자리가 내 자리였다. 집안에서 대소가가 모두 모이면 나보다 더 윗사람은 거의 없다. 언제나 윗자리를 권유 받는다.

오래 전 일이다. 내가 있던 회사에 대회장님과 중식을 하는 조심스런 자리에 초청받은 적이 있었다. 전국 과장급 사원 중에 다섯 명을 뽑아 본사 사옥 27층에서 많은 그룹 사장들, 임원과 함께 하는 자리였다. 일주일을 의전부에서 식사예절, 말씨, 자세, 대화내용, 심지어 걸음걸이까지 교육을 받았다. 실습성적순으로 자리 배치를 받았다. 나는 총수님 바로 앞좌석이었다. 그 자리를 앉기 위해 많은 수고를 했는데 이제는 풋풋했던 옛이야기다.

나이가 들면서 세월의 무게만큼 달라지는 게 다리 건강이다. 한때는 릴레이 선수로 뽑히기까지 한 내 다리지만 이제는 인공관절이 들어 차지하고 있다. 우아하게 앉고 싶어도 의자가 없는 곳에서는 어림도 없다. 같은 자세를 유지하는 일도 상당히 고통스럽다.

그 후로 모퉁이 자리를 찜하기 시작했다. 그런 고통을 한참이나 겪은 후 터득한 지혜다. 어느 모임에 나가든 주변 사람들을 마음 편하게 하면서 내 고통을 살짝 가릴 수 있어서 그 자리는 늘 내 자리다. 어쩌면 전철 안에 경로석도 나와 비슷한 생각에서 네 귀퉁이에 마련한 게 아닐까. 활발하게 자유자재로 움직이지 못하는 다리를 가진 노약자들이 여유롭게 승하차를 하라는 배려일 게다. 분초를 다투는 젊은 승객들 앞을 느리고 둔탁한 우리네 움직임으로 폐가 되는 경우를 감안하지 않았을까 싶다.

시간은 매양 우리와 이별하며 흘러간다. 우리는 '늙어가는 것이 아니고 익어가는 것'이라는 노랫말이 있다. 그리고 멀어지고 잊혀가고 있다. 언젠가는 세상 한가운데 혼자 서 있을 수도 있겠지. 그래도 나에게는 변하지 않는 것이 있다. 세월에 흐름 따라 잡혀지는 얼굴에 주름은 늘어나지만 언제나 예쁜 마음으로 나를 꾸미고 싶다. 설령 자갈밭을 걸어도 숲길을 걷는다는 생각으로 살고 싶다. 앞에 나서지 않고 조용히 흐름에 따라 동조하며 살고 싶다. 어떤 상황에든 적응할 수 있고, 주변 젊은 사람들에게 나이 들며 얻은 많은 삶의 지혜를 선물처럼 나누고 싶다. 그것도 우리 노년에게는 아름다운 재산이 되지 않을까.

오랜만에 꿈을 꾸었다. 탐스럽게 빨간 사과를 듬뿍 담은 예쁜 광주리를 받았다. 누구에게 받았는지는 생각이 안 난다. 이 의미가 무인지, 꿈 해몽이 무엇을 의미하는지 잠깐 고민을 했다. 임산부의 자격 상실은 이미 오래 전인데….

"택배입니다."

느닷없는 소리에 현관문을 연다. 사과 한 상자를 주고 간다. 발신지가 일산이다. 내가 중매해서 잘 살고 있는 후배이다. 사과 속에 청첩장이 들어 있다. 얼른 뜯어보니 막내딸이 시집을 간단다. 지금 임신초기라 서둘렀다는 간단한 메모가 들어있다. 아, 그 꿈이….

여전히 내 가슴엔 이루고 싶은 소망이 가득하다. 이 많은 꿈들은 나의 자산이고 나를 지켜주는 버팀목이다. 노년은 지상에서 긴 삶을 견디고 산 사람만이 누릴 수 있는 그분의 아주 특별한 선물이리라. 인간은 나이가 들어감에 따라 육체적으로는 쇠잔해가지만 정신적 영역은 계속 성장을 할 수가 있다고 생각한다. 다만 어떤 선택을 하느냐에 따라 남은 인생이 달라지리라. 언뜻 생각하면 모퉁이 자리는 하대 받는 자리로 생각할 수도 있다. 하지만 집을 지을 때 모퉁이 돌이 바로 네 기둥을 세워 집을 지을 기초를 만드는 것이다. 성경에도 '모퉁이에 구르는 돌이 머릿돌이 되었다.'

모퉁이는 숨고 싶고 가리고 싶은 곳이다. 꿈이 있고 설렘의 공간이다. 오늘도 나는 이 자리에 앉아서 남은 삶의 수채화를 그리고 있다.

무지개 얼굴들

아침 햇살이 담뿍 쏟아지는, 얕은 내리막길로 수많은 얼굴들이 달려온다. 초겨울의 점퍼는 오색찬란하다. 재잘거리는 무리가 있는가 하면, 혼자서 시무룩한 얼굴로 힘없이 걷는 아이도 있다. 핸드폰에 코를 박고 걷는 아이들, 큰 소리로 대화를 하는 녀석들도 있다. 신호가 떨어지면 서있는 '녹색 어머니'들이 들고 있는 깃발로 찻길을 막는다.

이때다. 냅다 뛰는 녀석들, 아주 천천히 건너는 아이, 무리지어 오면서 서로 치고받으며 장난을 치고 가는 아이들도 있다. 어떤 작은 아이가 핸드폰이 떨어진 것도 모르고 길을 건넌다. 호루라기를 불어 신호를 보내니 허겁지겁 찾아들고 걸음아 나 살려라 뛰어간다. 절로 웃음을 안겨 준다.

　나는 지금 '녹색 어머니' 자격으로 건널목에 서 있다. 교통사고로 막내며느리가 병원에 누워있다. 그 사건으로 나는 분명 내가 할 일이 있을 듯하여 아들에게 여러 번 자청하며 돕겠다고 하였지만 번번이 거절을 당했다. 어머니의 건강을 위해서란다. 몇 번 더 청했지만 끝내 사양을 했다. 제 딴에는 어머니와 아내를 동시에 배려한다는 깊은 마음에 서겠지만, 사실 나는 내내 서운한 마음이었다. 마치 나를 투명인간 취급을 하는 것 같기도 하고 잉여인간으로 전락을 시키는 것 같아서였다.

　사고 한 달이 훨씬 넘어서 아들의 전화가 왔다. 드디어 어머니가 도와줄 일이 생겼다고 했다. '녹색 어머니' 봉사였다. 아침 8시 반부터 학교 앞 건널목에서 등교 학생을 돕는 교통 도우미였다. 평소 봉사자들을 보면 부러웠다. 나는 네 아이들을 키우면서 한 번도 참여하지 못한 엄마였다. 부탁을 받고 마음이 즐거웠다. 내 건강이 허락되고 나에게 임무를 준 아들이 고마웠다. 일곱 손주들 중 막내 손주에게 할머니 노릇을 할 수 있는 기회가 온 것이다. 나는 투명인간도 아니고 잉여인간도 아니라고 외치고 싶었다.

다음 날, 손주와 함께 학교 앞으로 갔다. 네 군데서 여덟 명이 봉사를 했다. 그날은 몹시 추웠다. 지역 노인 봉사대에서 할아버지 두 분 그리고 나 말고는 삼십 대 엄마들이었다. 어깨띠를 매고 깃발을 들고 나서는 나에게 모두들 반색을 했다. 생각보다는 그 깃발의 무게가 느껴졌다. 하지만 마음은 새털같이 가벼운 희열로 저절로 미소가 흘러나왔다. 많은 아이들 하나하나 표정이 각양각색, 보는 것만도 꿈을 꾸는 것 같았다. 옆에서 손주가 학교로 들어가지 않고 계속 서 있었다. 어서 가라고 해도 아주 행복한 표정만 짓고 있었다. 든든했다. 또래보다 체격이 큰 손주는 아는 친구를 보면 "우리 할머니야."라고 속삭였다. 우리의 꿈나무들이 아침에 시작을 이렇게 하는구나 싶어 아주 신선했다.

담임선생님이 나와서 인사를 했다. 입학식 날 오고 6년 후 오늘이 두 번째다. 세련되고 아름다운 분이었다. 할머니가 온 것은 처음이라 했다. 시간이 흐른 뒤 어느 늘씬한 미남 총각이 큰 종이컵에 따끈한 커피를 주었다. 의아해서 쳐다보니 길옆 커피숍에서 아침마다 봉사자들에게 베푸는 고마운 마음이란다. 얼마나 따뜻하고 맛있었던지 지금도 그 맛과 향이 입안에 고인다. 더불어 사는 이 작은 사회가 고맙다. 이 소박한 나눔이 어쩜 이렇게 소중한지…. 어째서 큰 임무를 어깨에 멘 인간들은 이런 평화를 망각하고 싸우기만 할까. 조금씩 양보하고 배려하며 웃는 얼굴 속에 서로 어깨동무는 안 되는 걸까. 잠깐 스쳐가는 아쉬움이었다.

시간이 다 되었다. 나와 마주 보고 있던 할아버지가 남은 일은 자기가 한다고 먼저 가라는 손짓을 했다. 할머니라 봐주는 할아버지 마음이 고마웠다. 나는 장비를 제 자리에 두고 학교로 들어갔다. 수업을 하고 있는 모습이 보고 싶어서였다. 6학년 교실은 4층이었다. 엘리베이터가 없어 걸어야 하는 부담이 컸지만 천천히 올라갔다. 맨 끝자리에 여학생하고 앉아 있는 손주를 발견했다. 무언지 진지한 표정으로 이야기 중이었다. 살짝 몸을 숨겨 방해하지 않았다. 복도 안을 살펴보니 음악실, 미술실, 과학실, 조리실, 방송실 등등 그 시설이 놀라웠다.

아주 먼 기억이 떠올랐다. 6·25 때 피난 가서 초등학교를 졸업한 학교는 경기도 어느 작은 분교였다. 북적이며 공부했던 교실은 겨우 열 개정도이고 나무로 된 바닥은 초로 칠을 하여 윤기를 내 반짝였다. 운동장에는 미루나무가 쭉 서있고 의젓한 모습으로 단상이 놓여 있다. 미루나무 밑으로 운동 틀과 미끄럼틀이 있고 고무줄놀이를 하는 여학생들이 있다. 하늘을 흔드는 함성을 지르며 축구를 하던 남학생들도 있다. '아범'이라는 별명을 가진 창식이도 보이는 듯하다. 수십여 년을 훌쩍 넘은 기억들이다.

저녁 무렵 며느리에게서 문자가 왔다.

"어머니, 민엽이가 한 이야기를 들려 드릴 게요. '우리 할머니가 오셔서 나 완전 기분이 좋았어. 아주 멋졌어.' 하데요. 저도 그럴 거라고 생각했어요. 어머니 덕분에 우리 가족 모두 즐겁고 감사한 하루였어요."

아침에 본 수많은 얼굴들이 스쳐갔다. 그 얼굴들이 이 나라를 이 사회를 찬란하게 짊어질 미래의 보배들이다. '빨. 주. 노. 초. 파. 남 보.' 무지개와 같은 형형색색 수많은 별이 되어 자라날 것이다. 짧은 시간 속에 어린이들과 함께 한 호흡은 힐링이었다. 잠시 칠십여 년 저 뒤로 사라진 그 시간을 끄집어 낸 것도 아주 귀한 순간이었다.

인간이 돈과 명예, 사랑과 여러 욕망 중에서 우리가 진정으로 소유할 수 있는 하나가 있다면 그건 하루라는 시간이 아닐까. 나는 오늘 아주 작은 일, 몇 천만 분의 일을 하고도 가슴 뿌듯하다.

아
들
의

비
밀

세상의 비밀은 참 많다. 온 세상 사람은 나름대로 자기의 영역을 지키기 위해 가슴속 깊이 간직한 많은 비밀이 있다. 그중에는 상대를 살리기 위해서도 있고 주위가 편안하기 위해서도 있을 수 있다. 또한 자기가 온전히 살기 위하여 남모르게 깊숙이 숨겨놓은 비밀도 있을 거다.

내가 아들의 비밀을 안 것은 일이 터지고 반년이 넘어서다. 전혀 예고도 없이 알아진 거다. 청천벽력 같은 소식이다. 내가 대신할 수 있다면…. 어찌 이런 일이 나에게 또 있을 수 있을까? 14년 전 타고난 건강을 자랑하며 살던 남편의 죽음에 대한 상처가 거의 아물려는 이 시점에 이 무슨 날벼락일까. 천지가 무너졌다. 앞이 캄캄하고 더는 살 의욕이 없다. 가슴이 조여들어 호흡이 힘들었다.

학교 동창회가 미국 나성에서 열리어 한국에서 42명 동창들이 갔다. 6일간의 공식행사를 마치고 나는 워싱턴에 사는 친구 집으로 가 7일 간을 더 있다가 보름 만에 집으로 돌아왔다. 아무도 없는 집에 돌아오니 서글프기도 하고 좀 어수선한 기분이었다. 저녁에 돌아온 식구들이 무언가 좀 어색한 분위가 감돌아 이상하게 생각이 되었다.

이튿날 손녀에게 물었다. "왜 이렇게 말들이 없니?" "아빠가 나한테 많이 화가 나서 말을 안 하는 거예요." "왜?" "공부 안 한다고 야단맞았어요. 이젠 아빠가 내 일은 간섭 안 한 대요."

차근차근 나는 손녀에게 다시 캐물었다. 내용은 가지 말라는 친구 모임에 갔다가 조금 늦었단다. 마침 성적이 떨어진 성적표를 보고 더 화가 났다.

아빠가 화 낼만 하네. 내 말이 끝나기도 전에 "사실은 그것보다 더 큰 이유가 있어요." "그게 뭔데?" "절대로 말하면 안 돼요. 약속했으니까!" "그래? 그렇지만 할머니에게 말 못 하는 것이 어디 있어?" 몇 번을 말해도 끝까지 고집을 버리지 않는다. "이건 할머니기 때문에 말 못 하는 거예요." 아니 이럴 수가? 그 말에 난 더 집요하게 재촉을 했다.

왜 내가 그렇게 안간힘을 쓰며 사실을 알려고 했었는지, 후회도 되고 다행이라고도 생각되고…. 아무튼 난 그 일을 알고 난 후, 세상에 살 아무런 구실이 없다고 생각되었다. 밤은 밤대로 잠을 못 이루고 낮에는 가면을 쓴 나로 세상과 살아야 하는 이중생활이 시작되었다. 식욕이 점점 떨어져 기력이 없어졌다. 어찌 내 아들이 몹쓸 병에 걸렸단 말인가? 콩팥에 병이 들었다니….

2010년 5월 어느 날 아침, 식사 중에 한 일주일 중국 출장을 갔다 온다고 했다. 바로 그 날 병원으로 갔고 다음 날 수술을 했다. 나만 모르게 제 형제 사 남매만 알고 모든 일을 치렀다. 기가 막히는 일이다. 그래서 손녀는 공부도 더 열심히 하기로 제 부모와 약속했지만 약속이 어긋나서 아빠가 실망을 하고 이렇게 혼나는 중이라 했다.

나는 앞으로 어떻게 해야 하나. 어떻게 슬기롭게 이 일을 협조하고 처리해야 하나. 우선은 손녀와의 약속대로 모르는 것처럼 살아가기로 결정을 했다. 인터넷으로 여기저기 알아도 보고 이롭고 해로운 음식, 민간요법 등등 알아보았지만 무엇을 어떻게 해야 할지 떨리는 가슴만 더 쪼그려져 전연 정답이 나오질 않는다. 며칠을 가슴앓이를 했다. 거의 식음을 전폐하면서…. 하지만 이것은 방법이 아니다. 내가 할 수 있는 일은 무엇일까? 우선 영적으로 진심을 다하여 정성껏 그분께 매달리기로 결심을 했다. 매일 아침 새벽 미사를 봉헌하고 묵주기도에 매달리기로 했다. 이 날 이후 미사는 잘 못 지켜도 묵주기도는 하루도 거름 없이 꾸준히 봉헌한다.

다행히 아들은 생활습관을 여러모로 개선하고 규모 있게 살아가는 모습으로 바뀌어 갔다. 그분께서 그동안 아들에게 방만한 생활 태도에 아픔으로 따끔하게 알려 주신 것이다. 정신이 번쩍 나게 회초리는 매서웠다. 아는 체 않고 지켜보는 나는 그저 감사기도만 열심히 했다.

3년이 지난 어느 날, 아들의 비밀을 며느리에게 정식으로 들었다. 다행히 정기검진을 6개월 단위로 받는데 아무 이상이 없다 한다. 의사의 말로는 앞으로도 없을 것 같다고 해 마음이 놓인다. 이 행운 같은 현실이 조심스러워 조용히 깊은 감사기도를 드린다. 비밀을 지키라는 손녀와의 약속을 착실하게 지키게 되어 다행이었다. 지금은 건강하게 자기 생업에 열심을 내며 잘 살아 주고 있어 고마울 뿐이다. 그의 앞으로의 긴 세월을 무탈하게 착실하게 살아주기를….

  사랑은 그분의 유전자이다. 사람이 하느님을 가장 닮은 순간은 누군가를 사랑할 때라 했다. 아들을 향한 나의 기도의 행군은 내 생을 다하는 날까지 아마도 변함이 없을 거다. 난 하나밖에 없는 그의 엄마이니까. 그리고 난 그분의 딸이니까.

아직도 비는 내리네

아침 다섯 시 반, 밖에는 비가 오고 있다. 경쾌한 리듬을 타고 내리고 있다. 다행이다. 일단 아침 일을 시작했다. 어제 대충 해 놓은 나물거리를 완성하여 그릇에 담았다. 3인분의 밥도 지었다. 오늘 산행에서는 비빔밥을 직접 해서 먹기다. 여자 동문들이 준비하기로 하고 앞앞이 음식을 맡아 2년에 걸쳐하는 특별 이벤트다.

동문 산우회는 올해로 22년이 넘었다. 나는 사느라 바빠서 초창기에는 참석을 못했다. 한 십여 년을 되도록 빠짐없이 한 달에 한 번 있는 산행에 나가고 있다. 칠십이 훌쩍 넘은 나이들이지만 모이면 어느덧 60여 년 전 처음 만난 모습으로 돌아간다. 거기서는 대부분 호칭이 '여학생' '남학생'이다. 우리는 남녀공학으로 그 시절 공학은 드문 제도였다. 언제나 친구들은 세상 태어나서 가장 잘한 일 중 하나가 남녀공학 학교에 온 거라고 한다. 우리 누구도 부인할 수 없는 보배로운 자랑거리다.

그동안은 우리나라의 내로라하는 산을 찾아다녔다. 근간에는 세월이 흘러 우리들의 건강이 탐탁지 않아 주로 '서울대공원'을 자주 간다. 처음 시작은 대공원 안에 산에 올랐다. 누구나 걸어서 갔지만 이제는 힘든 친구들은 코끼리 열차를 타고 가다가, 구내 셔틀버스를 바꿔 탄다. 집결하는 곳을 알려주면 거기서 모인다. 각자 가지고 온 간식을 내어놓고 1차 잔치를 한다. 이 시간이 아주 즐겁다. 무궁무진한 이야깃거리가 홍수같이 흘러나온다. 간식파티가 끝나면 다시 내려와 예약된 식당에서 점심을 먹고 헤어진다. 많은 친구들이 스폰서가 되어 식대를 내기도 하여 돈이 모아지고 이제는 매월 회비 없이 진행된다. 그래도 항상 두툼한 회비가 쌓여 있다.

오늘은 장마 중이다. 빗속에 산우회에 간다면 주위 사람들은 온전한 시선으로 잘 안 본다. 이런 날씨에, 그 나이에 어찌 가냐고 걱정과 비아냥거림도 있을 수도 있다. 그러나 우린 영하 15도에도 인천 월미도 산에 간 적도 있다. 오히려 오늘은 더위도 덜하고 관람객이 많지 않아 좋은 날을 택한 것 같다. 오붓한 감이 온다.

고희를 지낸 지 한참이지만 모인 숫자는 20여 명이다. 살포시 내리는 빗속을 가벼운 마음으로 걷는다. 무슨 생각들을 할까. 왁자지껄 웃으며 걷는 친구도 있고 이어폰을 끼고 음악을 들으며 걷는 친구도 있다. 무언가 골똘히 사색에 잠겨 걷는 친구도 있다. 하지만 대부분이 같은 공통의 화두를 가지고 웃고 떠들며 간다. 누가 우리들을 팔순이 다 된 친구들이라고 할까. 얼굴이야 긴 인생 살아오며 주름을 훈장인 양 주렁주렁 달고 있지만 마음은 이제 신 중년을 맞은 한참 나이같이 씩씩하다.

남학생 회장이 큰 양푼과 주걱을 내놓는다. 여학생들이 가지고 온 열무김치 두 통, 콩나물 무침, 참기름, 고추장 모두 가지고 온 거리를 큰 양푼에 쏟는다. 풋고추, 밑반찬도 한몫 낀다. 고소한 참기름 냄새가 조용히 내리는 빗물과 함께 코를 자극시킨다. 콩밥, 현미밥, 쌀밥…. 가지각색의 밥을 쏟으니 저건 너무 많다는 생각을 순간 했다. 위생장갑을 낀 두 친구가 깍두기를 버무리 듯 열심히 비빔밥을 만들었다. 열무김치 군물에 다른 양념을 넣어 즉석 냉국을 해 낸다. 여자 동창들이 스물 한 그릇을 퍼 놓으니 남학생들이 날랐다. 여기저기서 감탄의 화음이 터져 나온다. "와! 정말 맛있다!" 그 많던 열무비빔밥은 어디로 갔을까…. 산에서 시원한 수박을 먹는 맛은 또 어떻고. 아직도 우린 젊다. 이제 겨우 정신적 연령은 60대이니까.

모임을 마치고 집으로 가면 우리 기의 홈페이지에 사진과 그 날의 행사 과정이 몇 친구들의 솜씨로 다양하게 올라온다. 기쁜 마음으로 다투어 댓글을 쓴다. 그 글의 내용이 아주 다양하여 읽을 때 가슴이 뛴다. 스냅으로 올라온 사진, 멋을 부리며 찍은 사진, 단체사진, 그리고 독사진들은 어느 배우의 포즈 못지않게 세련된 작품으로 나열된다. 이만한 건강 아직 있으니 즐겁고 감사할 일이다.

우린 다양한 시대를 거쳐 왔다. 일제강점기, 광복을 거쳐 6·25 한국전쟁, 4·19, 5·16, 12·26사태…. 고희를 지낸 지 한참된 우리는 파란만장한 세파를 헤쳐 나왔다. 긴 삶을 살아가는데 나름대로 내공이 쌓여 어떤 상황이 오더라도 잘 헤쳐 나갈 수 있는 친구들이다. 그래서인지 서로 협조도 잘하고 동창회 운영도 순조롭게 잘 되고 있다. 이 나이에 매월 서로 소통되고 있다는 것은 축복이다.

인간은 태어날 때부터 혼자다. 더구나 늙으면 외로움으로 몸살을 앓을 수도 있다. 외로움은 인간의 적이다. 이것이 발전하면 치매나 우울증이 온다. 대개는 외로움은 할 일이 없는 사람의 동반자로 온다. 그래서 인간은 무언가를 사랑하며 몰두해야 한다. 집중하는 일이 있어야 한다. 그 대상이 종교, 자연, 농작물이나 꽃밭 가꾸기, 반려동물 키우기, 골프, 그림, 글쓰기, 산행 등이 자기를 구원한다. 우리는 행운아들이다. 서로 사랑하고 배려하며 보고픈 친구들이 있어 매월 산에서 만난다. 이 모임은 신이 내린 보너스가 아닐까.

아직도 비는 오고 있다. 이제껏 먹으며 어지러진 장소는 깨끗이 정리되었다. 뒤를 돌아보아도 한 점의 부끄럼도 남기지 않았다. 우리는 지금 '신 장년'으로 살아가고 있다. 산뜻한 마음으로 삼삼오오 짝을 지어 내려온다. 나는 조심스럽게 앞으로 5년은 더 올 수 있겠지 하는 의지를 두 손을 맞잡고 다짐해 본다.

멍
석

외갓집은 경기도 이천 능골이다. 어려서 우리 형제들은 방학만 되면 짐을 싸들고 이곳으로 와서 자연과 더불어 뒹굴며 살았다. 여름에는 들로 산으로 살갗이 타도록 쏘다니고, 밤이면 개울가에서 목욕을 했다. 그 시원한 감촉은 지금도 잊을 수가 없다.

텃밭에서 어린 배추를 솎아 겉절이를 하고 상추와 풋고추, 된장찌개와 함께 저녁을 먹으면 그 맛은 어느 진수성찬도 부럽지 않았다. 저녁을 먹고 앞마당에 모깃불을 피우고 외삼촌이 직접 엮어 만든 멍석을 펴고 드러눕는다.

두툼하게 짠 멍석의 감촉은 부드럽지는 않아도 은은한 볏짚 냄새와 땅 냄새가 어우러진 깊은 정감이 좋았다. 대지와 피부를 맞닿는 가장 가까운 스킨십이다. 이제껏 맡아본 것 중 가장 진한 우리의 땅 냄새였다.

쏟아지는 별들이 진주알같이 빛나고 달이 비추던 하늘이 어쩌면 거기가 천당의 입구였을지 싶다. 가끔 별똥별이 긴 줄을 그으며 떨어지면 갑자기 엄마가 보고 싶어 흐느끼기도 했다. 하지만 외숙모가 대소쿠리에 김이 무럭무럭 나는 감자와 옥수수를 한 아름 안고 나오면 어느덧 엄마의 모습은 사라지고 우린 다시 즐거운 여름밤 향연 속으로 빠지곤 했다. 노래도 부르고 수건돌리기도 하고 '사치기사치기사뽀뽀'도 하면서…. 시간 가는 줄 모르고 놀다가 어느 사이 그 위에서 편안한 긴 잠속으로 빠져 들어가곤 했다.

멍석은 시골에서는 많은 역할을 한다. 큰 잔치나 초상을 당했을 때는 응접실이 되고, 식당이 되었다. 마을 주민회의를 할 때는 회의장이었고, 가을 나락을 말릴 때는 건조대가 되었다. 또 가난한 이가 돌아갔을 때 관을 마련치 못하면 시체를 멍석에 둘둘 말아서 지게에 지고 가 매장을 했다.

또 있다. 마을에서 잘못한 이가 있을 때는 '멍석말이 매'를 치기도 했다. 그 속에서 맞는 매는 그리 아프지는 않았을 거다. 어쩌면 그 안에서 깨달음을 일깨워 주는 깊은 슬기가 숨어있지 않았을까. 지금 정치인들의 행태를 보면 '멍석말이' 벌이라도 주었으면 좋겠다는 엉뚱한 생각도 해 본다.

지금도 멍석은 시골에선 중요한 가재도구이다. 큰 것, 작은 것 돌돌 말아서 끈으로 묶어 처마 밑에 쭉 세워 놓거나 가로로 매달려 있다. 기계가 아닌 수제품이다. 지금은 한 줄 한 줄 정성을 대해 생활 도구를 만들던 그 손길은 다 어디로 갔을까. 새삼 우리 조상들의 생활의 지혜가 가슴에 와 닿는다.

멍석이란 이름만 들어도 고향의 은은한 내음을 맡는다. 넓은 도량으로 안아주는 감촉을 느낀다. 깊은 속 맛이 있는 나라, 내 나라 맛을 느낀다. 모든 것을 폭넓게 필요한 요구대로 받아들여 가난하고 소박한 이들에게 쓸모 있는 생활의 도구가 바로 멍석이다.

멍석을 닮은 사람이 되고 싶다. 아마도 이제야 익어 가는가 보다.

아주 오래된 추억

뒤주와 백합 항아리

내가 신혼 때 살던 집은 돌아가신 시아버님이 지으신 '미음 자' 모양의 한옥이었다. 대청마루에는 대형 뒤주가 있었다. 그 나이 되도록 그렇게 크고 단단한 큰 뒤주는 처음 보았다.

종가댁 맏이라 큰살림을 위해 특별히 주문 제작한 것이란 다. 보통의 뒤주는 쌀 한 가마가 들어가는데, 이 뒤주는 쌀이 세 가마가 들어갔다. 아무리 오래 두어도 바구미(쌀 벌레)도 안 생기고 습도가 보존되어 밥맛이 좋았다. 뒤주 위에는 예쁜 백합 항아리가 세 개. 두 개씩 포개어 쌓아 놓아 집을 꾸몄다.

생활의 척도를 보이고 주부의 됨됨이를 보여주는 집안 장식품으로도 사용하였다. 뒤주는 시고조모께서 장만하시어 대대로 내려오는 집안에 보물이었다.

역사를 돌아보면 잊지 못할 슬픈 사연의 뒤주도 있다. 사도세자의 죽음이다. 조선 영조 임금은 42살에 겨우 얻은 아들, 사도세자를 곧바로 왕세자로 책봉했다. 세자는 어릴 때부터 과도한 스트레스와 애정결핍으로 방황하는 등 온갖 기행을 저질렀다. 끝내 세자는 영조의 명에 의해 뒤주에서 갇혀 죽고 만다. 세손 정조가 눈물로 호소해도 결국 뒤주에서 굶어 죽었다. 사도세자에 얽힌 영조 3대의 비극적 스토리는 다 기억할 것이다. 이렇게 비정한 할아버지도 있다. 후세의 많은 이들은 어떻게 이해를 했을까. 수많은 인류 역사상 가장 비극적인 사건이 아닐까.

아름다운 이야기도 있다. 전남 구례군 토지면에 '운조루雲鳥樓'의 뒤주, 타인 능해他人能解라는 글씨가 새겨 있다. "누구나 뒤주를 열 수 있다." 쌀이 떨어진 동네 사람은 뒤주에서 쌀을 가져가 굶지 말라는 뜻이다.

현재는 서울 강북구의 어느 성당에는 '사랑의 쌀뒤주'가 성당 입구에 있어 항상 쌀이 꽉 차 있다. 어려운 이웃이 부담 없이 퍼 가도록 만들어 놓았다. 우리나라의 무서운 왕도와 아름다운 인간애 넘치는 모습을 뒤주를 통해 볼 수 있다.

우리 집 뒤주도 긴 세월을 잘 보관하고 반들반들하게 닦으며 정이 들고 나에게도 귀한 보물이 되었다. 시어머님이 돌아가시고 내가 줄곧 관리를 했다.

세월이 흘러 큰 아파트로 이사를 가면서 바깥 베란다 한쪽으로 부스를 짜서 뒤주를 모셨다. 그 외 골동품들은 그 위에다 잘 보관했다. 십여 년 후에 아파트를 팔아서 같이 살던 큰아들을 독립을 시켰다. 나는 혼자 작은 아파트로 가니 뒤주는 같이 갈 수가 없어 고민을 했다. 조상님께도 죄송한 마음이 되어 며칠을 끙끙 앓았다.

마침, 막내 시누이님이 손을 들고 자기에게 달란다. 기쁜 마음으로 보냈다. 지금도 그곳에서 친정 조상들의 온기를 받으며 잘 모시고 있다. 실은 비록 말 못하는 목제품이지만 내 혼자서 얼마나 괴로웠는지 모른다. 내가 참 사랑하고 보배롭게 여기던 안동 김씨 가보인데….

아직도 뒤주는 위풍당당 존재로 그곳에 건재하다. 하지만 지금의 뒤주의 용도는 마른 해초류. 마른 저장식품 등을 보관하는 역할로 바뀌어 있다. 이것은 변하는 세상에서 용도기준이 바뀐 슬픈 사연이다. 조상께 송구한 마음이다.

골무

골무는 '죽은 시어미의 넋'이라는 말이 있다. 바느질하다가 빼어 놓은 골무는 얼른 찾아내지 못하고, 으레 일어서서 일감을 털어야 나온다 하여 나온 말이란다. 어떻게 해석을 해야 하나….

며느리의 평안한 꼴을 못 보는 심술궂은 시어머니의 심보가 아닐까. 다른 하나는 마음씨 고운 시어머니가 잠시라도 일어나 몸을 풀고 쉰 다음 일을 하게 하려는 소리인지.

나의 반짇고리에는 골무 세 개가 있다. 친정엄마가 살아계실 때 우리 딸 삼형제가 만든 작품이다. 골무에는 진달래 찔레꽃으로 작고 예쁜 수가 놓아져 있다. 이렇게 골무를 만들려면 우선, 간단한 꽃을 수놓고 검지에 맞는 크기로 재단을 해야 한다. 골무는 딱딱해야 손을 안 찌르니까 싱을 박는다. 천에 풀칠을 하여 그 싱에 잘 붙이고 말린다. 두 쪽을 맞대어 이음솔에는 가는 감치기로 마무리를 짓는다. 감치기 실 색상은 바탕천에 맞추어 선택을 한다.

엄마는 왜 우리에게 골무 만드는 것을 가르치셨을까. 아마도 세상사는 데에 어려움을 이겨내라는 의도로 그러셨나보다. 우리는 어찌 보면 부모님의 골무였다. 우리는 부모님이 사는 의미를 주는 딸들이니까.

친정엄마는 한복 바느질의 달인 격이었다. 딸 셋은 엄마 옆에서 엄마의 바느질하시는 모습을 보고 흉내를 내느라 작은 인형 옷을 만들곤 했다. 그중에 하나가 골무 짓는 법을 배웠다. 완성이 된 골무들은 바늘에 실을 꿰어 10개씩 포개어 묶는다.

묶어 놓은 골무는 집에 오시는 손님들께도 선물을 했다. 엄마는 딸들의 솜씨자랑으로 어깨가 으쓱해졌다. 이렇게 모아놓은 것들이 시나브로 없어져 지금은 세 개가 남아있다. 엄마는 가시고 언니도 벌써 떠났다. 하나는 내 솜씨고 두 개가 언니 솜씨다. 이제 더 늦기 전에 언니의 작품은 두 조카딸에게 제 엄마의 체취를 전달해야겠다.

촛대와 향로, 향합

내가 안동 김씨 댁으로 결혼을 하고 놀라운 사실을 알았다.

봉제사가 연 10위를 모시는 거였다. 평균 한 달에 한 번 꼴이 제사를 드리는 꼴이다. 남편과 7년을 넘게 연애를 했어도 거의 아는 바가 없었다. 제사 열흘 전부터 놋 제기를 닦는다. 기왓장 가루를 내서 짚을 약간 물로 축여 놓은 다음 넓은 자리를 펴고 앉아서 닦는다. 반짝반짝 윤이 나도록 문지른다. 그래도 이런 일을 할 때는 경건한 마음과 기도하는 마음으로 하느라 노력했다.

어머님이 살아계실 때 나는 용기를 내어 목제기木祭器로 바꿨다. 이해가 많으신 어머님은 반대가 아니고 대 찬성을 하셨다. 슬기로우신 분이다. 어차피 편하게 살 것을 빨리 허락하는 편이 현명한 생각이신 듯했다. 그 후 며느리들은 제기 닦는 수고는 없었다.

놋 제기를 정리하면서 '촛대와 향로, 향합'은 조상으로부터 물려받은 제기를 대표해서 남겨 두었다.

몇 년 후, 어머님이 돌아가시기 전에 유언을 하시었다. 이제부터 당신으로부터 바로 위 제사 곧 조부모님 위는 기제사를 드리지 말고, 차례茶禮로 일 년 에 '구정과 추석'만 단체로 모시라고 하셨다. 그래서 나의 시부모님 두 분은 기제사도 드리고 두 명절에 조상님들과 함께 차례를 드리라고 하셨다. 우리 후

손들에게 큰 은혜를 베푸시고 교통정리를 해 주셨다.

그 후 놋제기 중 '촛대와 향로, 향합'은 내가 간직하여 거실에 장식으로 두고 있다. 나이로 보면 백오십 년은 족히 된 것이다. 내 집에 뵙지도 못한 조상님의 얼이 깃들여 있으심을 느낀다. 내가 저 세상으로 가면 내 자손 중에 다시 이어 갈 것이다. 이것만이라도 안동 김 씨의 맥을 쭉 이어 가기를 염원한다.

정물靜物이 주는 전언傳言 그리고
새로운 만남

– 수필집 ≪내 걸음은 연둣빛≫을 중심으로

한상렬

1. 들어가기—수필이 있어 행복한 작가

　작가 김현순, 그는 누구보다 열정적인 삶을 살고 있는 작가이다. 1939년 세상에 태어났으니 지금 팔순에 이른 작가임에도 자기 성장과 개발을 위해 노력하는 작가임에 틀림이 없겠다. 그의 해적이에 의하면, 젊은 시절 그는 국립도서관 사서로 근무하였는가 하면, 1979년 삼성생명 지점장을 시작으로 하여 23년 동안 그 분야에 빛나는 업적을 남기고 차장으로 퇴임하였다. 문예지 『수필 춘추』(2008년)를 통해 수필 문단에 데뷔하였지만, 그는 이미 1997년에 여성성공학 ≪당신은 꿈만큼 성공할 수 있다≫를 상재하였고, 2014년에 이르러 첫 수필집 ≪나목의 길≫을 펴내었고, 같은 해에 『수필 춘추』가 제정한 수필 춘추 문학 대상인 '현산문학상'을 수상하였다. 2018년에는 『한국문인』을 통해 시인으로도 등단한 작가이다.

　온화한 성품에 언제 보아도 단아한 용모, 반듯한 언사가 타자의 마음을 사로잡는다. 어쩌면 이는 삶을 긍정적으로 바라보는 그의 인생관에서 자연스레 유로된 인간미일 것이다. 이런 인간적인 따사로운 마음결과 삶의 태도가 그의 문학작품에서도 노정되고 있지 않나 싶다. 그런 그가 이제 두 번째 수필집 ≪내 걸음은 연둣빛≫을 상재하려 한다. 햇수로 보면 첫 수필집이 나온 지 6년 만의 시차가 유의미하지 않은가. 새삼 존경스럽기까지 하다.

이제 그의 수필집을 연다. 어디랄 곳 없이 그의 일상의 뜨락이 시선을 사로잡는다. 비록 그의 작품은 화제가 평범한 일상의 편린이지만 작품마다 작가의 따사로운 성정과 삶을 투시하는 예지가 돋보인다. 수필은 만인의 문학이라 한다. 그만큼 우리네 삶의 반영인 게 수필문학이다. 그래 그의 어느 작품을 보아도 삶의 현장에서 추수한 소소한 일상들이 굴절되고 변용되어 있다. 작가의 심안을 관통하는 평범한 일상이 비범한 해석과 의미화를 통해 때론 독자에게 깊은 감동과 감화를 준다. 그런 연유로 그의 작품 세계에 빠지다 보면 우리는 어느덧 아름답던 지난날의 공간으로 인도되기도 하고, 때로는 가슴 아팠던 추억에 잠기기도 한다. 그가 짓는 성채城砦에는 우리들 삶에서 빛나는 시적인 순간들과 어두운 장면들이 아우라Aura 속에서 서로 마주친다. '절절히 회상된 세계의 떠도는 특성이 실존적인 장소 없음과, 어디에나 나타나고, 아무 데서도 완전히 자리 잡지 못하는' 관찰자 마르셀Marcel의 기묘한 눈길과 결합되기도 한다. 아니면 그 자신이 분명하게 의식하지 못하였던 사랑의 대상 속에 그를 안주하게 한다. 한 마디로 문학적 상상력에 빠지게 하는 이 놀라는 힘이 바로 작가 김현순의 마력과도 같은 문학적 감수성 때문일 것이다.

인간은 처음 이름을 받을 때는 무채색에 가깝지만 세파에 부대껴 살다 보면 헤일 수도 없는 다양한 색깔로 채색이 될 수도 있다. 어떻게 사느냐에 따라 그 운명이 바뀐다. 어느 이름이든 자기가 갈고닦아 빛나는 '나'라는 하나의 인격체를 만들어 가는 것이 아닐까. 세월이 흐르면서 내 이름 '현순'을 점점 사랑하게 되어 안정된 마음으로 변해 갔다. 20세 때 남편과 연애를 시작해서 7년 만에 결혼을 했다. 사랑이 이름과 관계가 있다는 생각은 기우였나 보다.

산다는 것은 보다 나은 내일을 위한 몸짓이다. 공무원으로 시작한 사회생활 속에 만족도 높은 삶을 살았다. 첫 딸을 낳고 아기만 잘 키우겠다고 용기를 내어 과감하게 사표를 냈다. 하지만 4남매를 낳고 키우면서 다시 30여 년을 큰 기업 속에서 내 이름 석 자를 꾸준하게 키워 갔다. 승승장구 승진과 수많은 포상을 받으며 빛나는 삶을 살았다.

정년퇴임 후에는 나만을 위한 도전이 시작되었다. 새로운 것을 배우고 평생 하고 싶었던 것을 순차적으로 지금까지 하고 있다. 평온한 기류 속에 공부하며 글을 쓰는 작가가 되었다. 내 이름을 확실하게 내놓을 수 있게 나를 만들어 가고 있다. 작품을 통해 나의 존재감을 얻는 진솔한 행복을 향해서….

　　　　　　　　　　　　　　　　　　　　　　－〈이름의 향기〉에서

이 작품 한 편으로도 독자는 너끈히 작가 김현순을 이해할만한 대목이지 싶다. '현순'이라는 자신의 이름에 대한 각성, 이름값만큼 평생 성실하고 오롯이 살아온 자연한 한 작가의 삶이 명경지수처럼 선명하게 다가온다.

작가 김현순의 유년의 추억은 그로 하여금 자연한 작가의 길을 걷게 한다. 〈능금 파는 두 소녀〉, 언니는 수필가로 동생은 소설가로 문학의 길을 동행하게 한다.

능금 장사를 하면서 훗날 큰 사업가가 되겠다는 나와는 달리 그 체질이 아님을 통감한 동생은 글쓰기를 열심히 했다. 대학 때, 학보사 기자로 바쁜 4년을 기쁘게 살았다. 삼 남매를 낳고 『월간문학』에 소설로 등단을 했다. 지금은 어엿한 중견 작가로 활동하고 있다. 나는 그때의 투지력으로 30여 년을 영업부 수장으로 근무를 마치고, 늦깎이 수필가로 등단하여 새로운 책을 상재하기 위해 바쁜 날을 보낸다.

　　　　　　　　　　　　　　　　　－〈능금 파는 두 소녀〉에서

아가다Agada, 이는 그의 천주교 세례명이다. 평생의 직장을 고만두고 제2의 인생을 경영하는 작가에게는 반려자인 남편과의 '사별'이 또 다른 정서와 사유의 샘이다. 나이 듦은 때로 자아의 관조와 성찰의 계기를 마련해 준다. 우리에게 죽음이란 불가해한 순간은 무시로 드나들기 때문일 것이다. 하여 자신의 삶을 회억하는 그 시간의 존재 인식은 인문학적 성찰을 동반한다. 그런 그에게 '수필'이라는 문학적 용기가 있어 그는 행복한 사람일 것이다.

〈베로니카〉에서도 보듯 그녀는 친구의 삶을 마치 십자가를 메고 골고다 언덕을 올라가는 예수님을 비유하고 있다. 그녀는 바로 화자의 환치요, 동화된 인격체일 것이다.

그녀는 십자가를 메고, 골고타 언덕을 힘겹게 올라가는 예수님의 피땀 어린 얼굴을 닦아 드린 베로니카를 많이 닮았다. 80kg가 넘는 거구였다. 남에게 베풀기를 잘하고 여장부 같은 면이 있는가 하면 여성스러운 섬세함도 있다. 남다른 손재주로 각양각색의 묵주를 만들어 많은 사람들에게 선물로 기쁨을 준다. 걸음이 빠르고 웃음소리가 커서 그녀가 있는 곳은 늘 떠들썩하다.

―〈베로니카〉에서

작가 김현순, 그에게는 가톨릭 신앙이 있고, 수필이라는 문학이 있다. 특히 음악과 여행은 그에게 있어 삶의 또 다른 성채이며, 가족과 함께 그려가는 동심원이 그의 문학의 힘이지 싶다. 그런 그에게 수필이 있어 그는 행복한 작가일 것이다.

이제 새롭게 선보이는 두 번째 수필집 ≪내 걸음은 연둣빛≫의 세계는 이와 같은 작가의 전기적 인자因子와 작가적 성정이 하나로 결합된 그만이 짓는 성채일 것이다. 이제 그가 짓는 순연한 세계로 한 발 들여놓아 보고자 한다.

2. 김현순의 시선에 머문 정물이 보여주는 전언傳言들

우리들에겐 눈부시도록 찬란한 아름다움이 있는가 하면, 눈을 뜰 수 없을 정도로 아름다운 아픔도 있다. 그들이 우리에게 전달하는 '메시지'가 너무나 맑디맑아서 더욱 시린 아픔으로 다가오게 되는 것은 아닐까? 그 자태가 너무나 고와서 오래 쳐다보지 못할 쇄락한 아침의 정물靜物. 수필작가 김현순이 창조해 내는 작은 정물이 주는 전언傳言들은 그래서 너무나도 고혹적이다.

극장 안에 느닷없이 전깃불이 나갔다. 순간 괴괴한 분위기가 감돌았다. 조금 있더니 누가 시작했는지 휘파람 소리가 휙

획 요란스러웠다. 여기저기서 고함소리도 터져 나왔다. 하지만 극장 측에서는 아무런 반응이 없었다.

-〈능금 파는 두 소녀〉에서

민족상잔의 전쟁을 직접 체험한 이에게는 1950년 6월 25일이 흔적처럼 각인되어 있다. "극장 안에 느닷없이 전깃불이 나갔다. 순간 괴괴한 분위기가 감돌았다. 조금 있더니 누가 시작했는지 휘파람 소리가 획획 요란스러웠다. 여기저기서 고함소리도 터져 나왔다. 하지만 극장 측에서는 아무런 반응이 없었다."(〈능금 파는 두 소녀〉에서) 이렇게 서두를 뗀 이 수필은 존재 의미를 자각하게 하는 아픈 추억담이다. '전쟁'이란 상황은 유년시절 화자에게 '삶'이라는 문제에 대한 '전언'이다.

누구나 나이를 먹으면 옛 추억을 떠올리게 마련이다. "1950년 6·25 한국전쟁 중 1·4후퇴 때였다. 큰이모님이 살던 이곳으로 피난을 왔다. 설성초등학교에서 졸업을 했다. 1년간이었지만 내가 자란 고향 같이 정이 많이 들었다. 친구도 많아서 피난민의 쓰라린 고통은 전혀 없었다." 수필 〈녹슨 종소리는 바람에 날리고〉는 그 모교를 60여 년 만에 찾은 회고적인 수필이다. "회색빛으로 변한 학교 건물은 잡초만 무성하다. 학교 현관문 기둥에 매달려 있는 빨갛게 녹슨 종이 조는 듯이 매달려 있다."는 공간 배경은 '부서지고 다 찌그러진 미끄럼틀'과 '철봉', '녹슨 종'이라는 정물이 보여주는 전언을 화제로 하고 있다. 폐교의 모습을 바라보는 화자의 심회가 남다를밖에 없다.

이 작은 폐교는 어릴 때 우리의 꿈을 키워 온 텃밭이다. 머지않아 다시 수많은 꽃들이 피겠지. 순수하고 아름다운 짝사랑을 했던 나의 꼬마친구, 그의 까맣고 큰 눈이 뚜렷이 보인다. 아직도 살고 있다면 그와의 만남은 얼마나 즐거울까. 아마도 이 지역의 큰 인물로 되었겠지. 저만치에서 그가 웃는 얼굴로 다가오는 실루엣이 보이는 듯하다. 오랜만에 친구의 영혼을 위한 기도를 깊게 한다.

　　　　　　　　　　　　　－〈녹슨 종소리는 바람에 날리고〉에서

이런 유년에의 추억은 어쩌면 정물을 바라보는 화자의 시간과 공간의 통섭적 사유겠다. 화자의 시선 안에 보이는 정물들이 그만의 성채를 쌓았을 것이다. '녹슨 종소리'가 들려주는 전언이 오래도록 가슴에 남게 한다. '폐교'란 언어적 기의가 주는 상징적 의미가 전편에 걸쳐 주요한 메타포로 작용하고 있는 좋은 수필이다.

그의 수필 〈그날도 함박눈이 내렸다〉에는 "그 겨울은 참 따뜻했다. 그래서인가. 눈이 아주 인색했다. 둘이는 첫눈을 많이 기다렸다. 소담스러운 눈을 맞으며 불광동 근처 서오릉 길을 걸었다. 그의 코트 주머니에 같이 손을 넣고 걷다 보니 하얀 눈사람으로 점점 닮아 갔다.”라는 화자의 언술이 서두에 깔려 있다. “7년 2개월 연애의 긴 여정을 마쳤다. 사 남매를 낳고 열심히 키우고 보살폈다. 모두 결혼을 시켜 손주 일곱 명의 할머니 할아버지가 되었다. 내 직계 가족이 둘에서 15명으로 늘어났다. 아옹다옹하며 34년을 살았다.” 누구나 걸어가는 삶의 여정이지만 그는 소박하게 자신의 역정을 술회하고 있다. 이런 관조적 삶은 반드시 ‘누구나’가 아니다. 작가만의 색깔로 채색된 일상 이상의 투영은 화자로 하여금 그의 시선에 보이는 세계의 정물이 보여주는 전언傳言이다.

대개의 사람들은 그저 살아가지 않은가. 하지만 작가는 이를 통속적으로 보지 아니한다. 평범에서 찾는 비범한 삶의 방식일 것이다. 그런 그에게 ‘그날도 함박눈이 내렸다.’ “간암 판정 이 년 만에 그 새벽, 그는 함박눈 속으로 영원히 내 곁을 떠났다. 나를 기쁘게 해 주겠다는 약속들이 아직도 많이 남았는데 혼자 떠난 그를 용서할 수가 없었다. 그날, 마지막 유언을 남기고…. 떠난 자리가 너무 커서 몸무게가 7kg나 빠졌다.” 라고 언술의 배면의 행간을 통해 존재 인식의 깊이를 자각하게 한다.

그가 없는 세상은 추웠다. 아옹다옹 싸울 때도 있었지만 방이 너무 넓었다. 세상을 배우러 여행도 많이 다녔다. 홀로서기에 차차 길들여 갔다. 지금도 나의 삶의 여백에 그려질 꿈이 있다. 삶이 녹슬지 않게 하려고 날마다 다양하게 배우며 산다. 두려워할 것은 늙음이나 죽음이 아니다. 녹슨 삶이다. 고인 물은 썩듯이 시대에 따라 자신이 변하지 않으면 안 된다는 생각이다. 영혼의 고운 색깔을 잃지 않게 하는 것이 내 희망이자 꿈이다. 꿈꾸는 사람만이 삶의 주인이 될 수 있다고 나는 믿기 때문이다.

고왔던 그때가 까마득하다. 먼저 간 남편은 그때 그 얼굴이겠지만, 내 모습엔 세상 풍파의 흔적이 역력하다. 그런 나를 그가 알아볼까 싶다. 언젠가 그가 닦아놓은 길에 다시 만나 부창부수夫唱婦遂하는 꿈을 이룰 수 있을까 하는 엉뚱한 생각에 어이없는 고소를 날린다.

-〈그날도 함박눈이 내렸다〉에서

남편의 부재不在, 이를 어찌 필설로 다하랴. 하지만 화자는 이를 자기화함으로써 긍정의 힘을 발휘하고 있다. 생각해 보라. 아름다운 추억은 향기롭다. 다만 망각이라는 축복받은 기능 때문에 우리는 더러는 잊고 기억의 저장장치에서 서서히 사멸되기도 한다. 이렇게 남겨진 추억이 짙을수록 잔영의 색깔도 화려하고 선명하기 마련이다. 그것이 결별의 수순을 밟은 곁에 존재하지 않거나, 잠시 떨어진 그리움이거나, 뇌리에 여울져 오는 형상의 물결이라도, 독자들에게 애틋하고 간절한 환상으로 전율을 일으킨다.

〈그는 오전 10시에 떠났다〉, '기차는 8시에 떠나네'라는 아
그네스 발차의 가사를 패러디한 이 작품은 죽음에 대한 단상이
다. 인유한 비유적 표현과 화자의 정서가 하나로 융회되어 감
동을 자아낸다.
〈마지막 한마디〉가 더욱 독자를 감동하게 한다.

20여 일을 거의 곡기를 끊고 한마디 말을 못 하고 누워있던
남편이 눈을 떴다. 반가워 바짝 다가갔다. 무슨 말인가 하려는
표정이었다. 얼른 보리차를 빨대로 입에 대주었다. 맛있게 몇
모금을 들었다. 눈물이 확 쏟아졌다. 너무나 고마워서 그를
꼭 안아 주었다. 그는 다시 입을 열려고 애를 썼다. 무슨 말을
하려는 것인가. 그러더니 갑자기 아주 또렷한 음성이 봇물 터
지듯 튀어나왔다.
"나 떠나거든 어느 녀석 하고도 살지 마!" 너무나도 의외의
단호한 명령이었다. 의안이 벙벙했다. 순간 나는 정신이 번쩍
들어 다시 되물었다.
"누구 하고 살지 말라고요? 큰아들, 작은 아들? 말을 해 줘
요."

—〈마지막 한마디〉에서

"과연 그는 우리 자식 사 남매 누구와도 살지 말라는 유언이었을까. 아니면 누구와도 재혼을 하지 말라는 유언이었을까. 그때 환갑인 나지만 자기가 없으면 누군가를 다시 만나 새 생활을 시작할지도 모른다는 상상이 용납할 수 없는 이기심이었는지…."라는 독백을 통해 '사랑'이란 언어적 기표를 되새기게 한다.

또 다른 수필 〈유다의 은전 삼십〉에서도 이런 이별의 소회가 구체화되고 있다. "나는 녀석을 버렸다. 37도를 오르내리는 날, 매정한 이별이었다."라고 서두를 풀어낸 이 수필은 애마愛馬와의 이별을 화소로 하고 있다. "이별 후, 양심의 호소하는 자기변호를 독백처럼 자주 뇌였다. 사람은 의학적으로 치유할 수 없는 지경이면 자연사로 이 세상을 대개는 떠난다. 차는 주인의 의사로 처리할 수 있다는 게 다행이라고 나를 합리화시켜갔다."라는 언술을 통해 사랑이란 기표의 의미에 천착하고 있다. 애마의 매각 후 화자가 받은 보상금과 유다가 예수님을 팔아넘기고 받은 '은전 삼십'의 대비적 비유가 적실하고 설득력을 지닌다.

이제 작가 김현순의 또 다른 정물이 보여주는 전언을 들어본다. 이 수필집의 표제작인 〈내 걸음은 연둣빛〉이다. 화제는 여권 갱신이다. 그런데 그는 갱신 기간을 10년으로 한다. "호기 있게 대답을 했다. 어쩌면 허세다. 머뭇거리지도 않고 어떤 오기가 치올랐다. 이게 무슨 심사일까. 당연한 질문이다. 하지만 듣는 순간 내 게인지 세월에겐 지 알 수 없는 슬픔 같은 화가 밀려왔다. 해맑은 얼굴을 한 사무원의 눈길에서 다소 의아한 표정이 스쳐갔다."라고 했다. 밀물처럼 밀려오는 노년의 고독을 작가라고 피할 수 있으랴. 하지만 그에겐 존재 인식에의 자각이 있다. 비록 나이 들어 내일이 불확실할지라도 현재를 보듬어 안고자 하는 화자의 정서, "곱게 늙어 가는 이를 보면 그 모습만으로도 환희의 선물을 받는 것 같다." "익어 향기를 품는 과일처럼, 농익은 향기로운 삶을 살고 싶다."는 소망이 있기에 그의 노년은 고독하지도 슬프지도 않다.

곱게 늙어 가는 이를 보면 그 모습만으로도 환희의 선물을 받는 것 같다. 늙음 속에 새로움이 있어 보인다. '늙음'과 '낡음'은 글자로 불과 한 획의 차이지만 품은 뜻은 사뭇 다르다. 낡음은 늙음과 관계없이 스스로를 포기하여 죽음을 향해 가는 행위다. 몸은 늙어도 마음을 쉼 없이 갈고닦고 싶다. 가치 있는 늙음이다.

─〈내 걸음은 연둣빛〉에서

이어지는 사유의 강, "원숙을 향해 가는 '지금 이대로의 나'를 보배롭게 내 가슴에 보듬어 안는다."는 자기 관조의 성찰이 감동적으로 다가온다. "오늘은 수필 공부를 하러 가는 날, 아파트 화단에 연둣빛이 돈다."는 결미의 진술이 독자를 안온하게 한다.

　이렇게 누구나 나이가 들면 추억을 먹고 산다고 한다. 그리고 지난 시절의 추억이 화려하면 할수록 자신도 모르게 과거에 집착하게 한다. 하지만 추억의 빛깔이 어찌 고운 것만 있으랴. 생각하기조차 싫은 끔찍한 일도 있고, 가슴이 덜컹 내려앉는 사건과 사고도 있다. 아니 누군가를 떠나보낸 찢어지는 아픔도 모두가 다 추억이다. 김현순의 수필집 ≪내 걸음은 연둣빛≫의 작품세계에 빠지면, 우리들 실존의 문제를 떠올리게 한다.

3. 새로운 만남, 그리고 실존에의 통찰과 즐기기

　김현순의 수필을 읽으며 한 계단 한 계단 기억을 되살려 올라가면 겹겹이 쌓인 밀어의 숲을 만나고, 숨소리 곁든 정겨운 환청의 동굴도 지나가게 된다. 하지만 화자인 수필작가 김현순의 사고는 대단히 긍정적이다. 변신 뒤에 아픔이 존재하고 그 고통을 감내하지 않는 변신은 외형적 변신일 뿐이지만, 매사를 긍정적으로 보는 사고의 발로가 그의 수필을 건강하게 한다. 그러면 안개가 아직 덜 걷힌 새벽의 상큼한 공기를 깊은 들숨으로 마시듯 존재의 기운이 샘솟게 한다. 일찍이 헉슬리

Aldous Huxley는 "일상적 인식의 틀에서 털고 나오는 것, 몇 시간의 무시간적 시간, 외부와 내부의 세계를 보는 것, 그것도 생존에 매달린 동물이나 말과 관념에 사로잡힌 인간이 보는 대로가 아니라, 어디에도 매이지 않는 초월적 마음이 직접적으로, 그리고 무조건적으로 파악되는 대로 보는 것, 이것이야말로 누구에게나 더할 수 없이 가치 있는 체험이다."라고 하였다. 김현순의 수필세계의 진실은 여기서 그 단초端初가 열린다.

수필 〈미로 찾기〉는 앞서 헉슬리의 언명과 같이 '일상적 인식의 틀'을 벗어나기 위한 화자의 노력을 엿볼 수 있다. 노년을 즐기기 위한 화자만의 방식을 그는 체험하고 있다. 그 길은 바로 미로 찾기다. 아니 미로에서 벗어나 자유로움을 구가하기 위한 길이다. 그래 그는 새로운 만남을 찾아 나선다.

삶은 설렘의 만남이고 나눔이다. 설렘이 없는 만남은 스침에 불과하다. 나는 날마다 무엇인가와 끊임없이 만나 변하고 있다. 이 소중한 것들과 만남이 삶이요, 그 표현 방식이 곧 문학이다. 내가 사랑하는 문학이 없으면 얼마나 황량한 사막일까. 세상이 아무리 최첨단 과학시대 한가운데 있더라도 묵묵히 문학과 동행하는 글쟁이로 남을 것이다.

−〈미로 찾기〉에서

화자에게 있어 문학과의 만남은 미로에서 자유롭기 위한 방법이다. 이런 만남을 통한 실존에의 통찰은 화자로 하여금 존재 인식의 통찰로부터 출발한다.

수필 〈모퉁이〉는 이런 화자만의 즐김의 놀이가 된다. 언제부터인가 그는 모퉁이를 선호하게 되었다. "나이가 들면서 세월의 무게만큼 달라지는 게 다리 건강이다."라는 게 그 이유다. "우아하게 앉고 싶어도 의자가 없는 곳에서는 어림도 없다. 같은 자세를 유지하는 일도 상당히 고통스럽다."는 게 모퉁이를 선호하게 된 단서다.

시간은 매양 우리와 이별하며 흘러간다. 우리는 늙어가는 것이 아니고 익어가는 것이라고 누군가 말했다. 그리고 멀어지고 잊혀가고 있다. 언젠가는 세상 한가운데 혼자 서 있을 수도 있겠지. 그래도 나에게는 변하지 않는 것이 있다. 세월에 흐름 따라 잡히는 얼굴에 주름은 늘어나지만 언제나 예쁜 마음으로 나를 꾸미고 싶다. 설령 빙하 위를 걸어도 숲길을 걷는다는 생각으로 살고 싶다. 앞에 나서지 않고 조용히 흐름에 따라 동조하며 살고 싶다. 어떤 상황에든 적응할 수 있고, 주변 젊은 사람들에게 나이 들며 얻은 많은 삶의 지혜를 선물처럼 나누고 싶다. 그것도 우리 노년에게는 아름다운 재산이 되지 않을까.

─〈모퉁이〉에서

이렇게 노년의 '아름다운 재산'은 화자의 언술과 같이 사물의 '새롭게 보기'에서부터 출발한다. 이 수필의 "모퉁이는 숨고 싶고 가리고 싶은 곳이다. 꿈이 있고 설렘의 공간이다. 오늘도 나는 이 자리에 앉아서 남은 삶의 수채화를 그리고 있다."라는 결미의 해석이 설득력을 지니고 있다. 좋은 수필은 간결하면서도 이런 밀도 있는 해석과 일반화를 통해 이루어진다. 화자가 짓는 그만의 성채일 것이다. 사물에 대한 예민한 촉각이 이런 좋은 수필을 탄생하게 한다.

일상적 경험은 보편적이고 통속적이다. 작가에게는 이런 일상 경험이 체험이라는 특수한 옷을 입고 언어가 지닌 미적 요소를 구사하여 형상화하는 단계를 밟게 된다. 이 경우 고정관념은 우리들 삶의 안과 밖의 세계의 모습을 변용을 통해 내밀한 세계로 다가가게 한다.

"카페에는 시간이 일러서인지 한산하다. 흘러나오는 쇼팽의 즉흥환상곡은 온 홀 안에 운무같이 퍼진다." 사뭇 음악적이다. 〈슬픈 귀부인〉의 서두다. "오랜 친구인 내 앞에서는 진솔한 가슴앓이를 하는 가냘픈 여자의 모습이다. 내 가슴에 짙은 아픔이 고인다."라고 회자는 술회하고 있다. 유학 중에 중앙아시아 어느 나라에서 온 유학생과 열렬한 사랑에 빠졌던 친구다. 그녀는 몽골 칭기즈칸의 기질을 받은 그 나라에서도 손꼽히는 가문의 자손과 어렵사리 결혼을 했다. 그 후 반가운 소식이 날아오고 재회가 이루어진다. "그녀는 여전히 예쁘고 멋쟁이였다. 그런데 얼굴에 깊은 우수가 보이고 굵은 주름이 잡혀 무언가는 모르지만 불안한 마음이 들었다. 우린 얼싸안고 깊은 회포를 나누었다. 하지만 서로가 반백이 되어 만났고 이별의 시간이 길어서였던지 옛날과 같은 아련함이 없이 서먹했다. 하루가 지나자 우리는 옛날로 돌아갔다." 하지만 재회의 기쁨도 잠시 나라마다 다른 풍속과 전통의 차이에서 오는 괴리감이 화자로 하여금 실존에의 통찰의 계기를 가져오게 한다.

그 나라에서는 일부삼처一夫三妻가 가능하다고 하여 많이 놀랐다. 철저한 이슬람교라 모든 것이 율법대로 지켜 사는 듯하다. 그의 남편은 율법에 3처를 거느릴 수 있지만 오로지 친구와 두 자녀만 사랑하며 20여 년을 아주 성실히 살아왔다. 그러나 권력과 부를 다 가지고 조용하고 안정적인 삶이 지루했나 보다. 인간은 나약한 존재다. 천년약속의 사랑은 빛이 바래 뒤늦게 젊고 유능한 여자를 만났다. 공공연하게 의식도 치르고 또 하나의 가정을 이루게 되었다.

— 〈슬픈 귀부인〉에서

"부와 명예와 갈채 속에서 살아온 친구의 삶에서 서러운 흐느낌이 들리는 듯하다."라는 대목을 통해 '슬픈 귀부인'의 역설적 존재 인식의 깊이를 느끼게 한다. "오늘 이 밤, 그녀가 좋아하는 〈지고이네르 바이젠〉을 들으며 보드카를 마실 아직도 이 방인인 '슬픈 귀부인' 내 친구가 눈에 어린다."라는 결미의 진술이 가슴에 와 닿는다.

　　김현순의 노년 즐기기에는 '여행'이 손꼽힌다. 그래 그의 작품에는 유독 기행수필이 자주 보인다. 그는 〈먼 곳에서 길을 찾는다〉거나 〈세상을 돌다〉거나, 때론 〈5일간의 공주〉가 되기도 한다. 그리고 〈반딧불이의 춤사위〉에 젖기도 하고, 〈도야호수의 여명〉에 눈을 뜨거나 〈믿음의 방랑자〉가 된다. 또 〈수그리〉나 〈낯선 별에 가다〉가 되기도 한다. 여행이 주는 감흥과 새로운 깨달음은 생활인인 그에게 새로운 만남을 통해 살아있음의 기쁨과 실존에의 통찰을 체험하게 한다.

　　"언제부터인가 내 '버킷리스트 중 1호'는 유럽 성지순례였다. 여행으로는 동, 서, 북유럽을 다 다녔지만 순례가 목적이기는 처음이었다." 이렇게 서두를 연 수필 〈먼 곳에서 길을 찾는다〉의 경우가 그러하다. 화자에게 있어 여행은 그저 휴식이나 세상의 풍경을 눈에 담고자 하는 데 있지 않다. 성지순례의 경우는 더욱 그러하다. "구름 위에 빛나는 햇살을 받으며 나는 비로소 그분의 크고 넓은 품속으로 폭 안김을 느꼈다. 고요히 머리 숙여 깊은 청원과 감사의 기도를 드렸다."라는 진정성이다.

　　순례지마다 놀라운 기적들이 산재되어 있었다. 그곳에 평범한 인간들로는 도저히 감당키 어려운 고비를 큰 힘에 호소하고 순명하며 이룩한 성과들이다. 유럽의 문화는 표현의 문화다. 그래서인지 그들이 지어 놓은 성당마다 웅장하고 섬세하고 화려한 양식의 건축들, 조형물들은 상상으로는 어려운 역사 속에 가장 유명한 세계적이고 세기적인 대가들의 작품들이다. 어찌 그뿐이랴. 저 밑 나락으로 떨어진 사람들을 이유 불문하고 구제하여 새로운 인간으로 회생시키는 그들의 신앙의 힘은 참으로 놀라움을 자아낸다. 순례길 안에서 뜨거운 참회의 눈물도 흘리고 감동과 감격의 벅찬 가슴을 안고 흐느낄 때도 수없이 많았다.

-〈먼 곳에서 길을 찾다〉에서

새로운 만남을 통해 실존을 통찰하고 즐기는 화자의 인문학적 성찰이 빛난다.

수필 〈매력자본〉은 앞서의 작품과 같이 화자의 자화상과 맥락을 같이 한다. 노년의 삶에 대해 "인생은 끝없는 순례자 길의 연속이다. 그 긴 여정을 나름대로 자기만의 채색으로 이어가는 삶, 의미 있고 매력 있게 사는 방법이 아닐까. 바로 이것이 쌓여 누구도 따를 수 없는 자기만의 매력 자본으로 축적되는 것이리라."라는 자기 성찰이 아름답지 않은가.

이렇게 작가가 글을 쓰고자 할 때는 무엇보다도 자신을 객관화시키게 마련이다. 그러므로 자신을 단순한 자기 존재에 그치지 않고 확대하고자 하는 안목을 갖게 된다. 즉 인간이라고 하는 근원적인 문제에 뿌리를 내리고 좀 더 견고하게 자신을 구축하는 작업을 통해 삶에 대한 나름의 가치를 발견하며, 진정 어린 자기와의 만남이 이루어지게 된다. 자연스레 자신과 무관했던 대상에서 그 본질과 대상과의 상관적 의미를 발견하는 데에서 자신의 객관화가 구체화하게 된다.

4. 일상에서의 사유, 그 의미화

이제 다른 각도에서 김현순의 수필을 살펴보자. 그의 수필을 읽어 내려가노라면 존재 자체의 사유와 상상이 무한으로 확대된다. 일상에서의 사유는 수필문학의 본류인 자아성찰과 맥을 같이한다. 자아를 갖고 있음은 지극히 보편적 현상이다. 정신적으로 건강한 사람이라면 누구나 자신을 타인과 혼동하거나 어떤 미분화된 전체와 한 몸이라고 느끼지 않는다. 이를 심리적 실재entity라고 느낀다. 그 심리적 실재로서의 자아는 스스로 반성하는 순간에 현전한다.

수필 〈죽방렴〉은 남해바다 통영 미륵산 정상에서 바라본 죽방렴을 화제로 하고 있다. "인간이 만든 지혜의 덫이다. 멸치

떼들은 그 주변에서 유영하다가 그만 그물에 잡힌다. 전진도 후퇴도 할 수 없는 갇힌 자의 고독. 제자리에서 맴돌던 그들은 곱디고운 모습으로 인간에게 바쳐진다. 바다가 주는 귀한 선물이다."라는 사유의 정점에 해석과 의미화가 돋보인다.

우리의 인생도 어찌 보면 이와 같지 않을까. 부모는 자식을 으뜸으로 키우려 가정과 학교라는 울타리에서 최선을 다한다. 이상적인 인간으로 만드느라 자신의 한생을 다 바친다. 그들이 세상 밖으로 나아가 은빛 나는 인격체가 되어 자식의 위상이 돋보이게 되면, 부모는 하늘과 땅에서 영광을 다 얻은 것이리라. 바로 사랑과 정성을 다한 시간의 흐름이 모인 결실이다.

이젠 얼굴도 가물가물한 나의 부모님도 오 남매를 키우시느라 얼마나 힘드셨을까. 옥석을 가리지 않고 사랑 하나로 최선으로 키웠다. 거기서 번져 진 자손이 29명, 이 나이 되어 점점 더 깊게 감사와 회한이 겹친다.

나를 멸치로 비유하면 어떤 급일까. 죽방멸치에 비할 수는 없겠지만, 중급 이상의 멸치는 되지 않을까. 그래도 80여 년을 탈 없이 내 분수 안에서 열심히 살아온 딸이니까….

－〈죽방렴〉에서

화자는 대상을 직관이 아닌 심안으로 바라보고 있다. 죽방렴 안에 든 멸치들이 마치 화자의 가족에 동화하면서 밀도 있는 해석을 통해 인간화의 길로 가고 있다. 이렇듯 한 편의 수필 속에는 작가인 화자의 진솔한 삶의 모습이 형상화되어 있으며, 대상에 대한 작가의 사상이 녹아 있다. 이런 경우 화자의 체험과 삶에 대한 해명이 진지하면 할수록 독자들은 그 한 편의 작품을 통해 삶의 깊은 메시지를 감지하게 된다.

수필은 일상을 주요 소재로 한다. 그만치 수필은 자아성찰과 관조가 따르기 마련이다. 80의 노령, 가끔 화자도 일상에서 망각을 체험한다. 수필 〈나를 어디에 두었나〉나 〈천사의 손길〉이 지향하는 창작 의도가 이런 나이 듦과 맥락을 같이한다. 일테면 우리가 다반사로 경험하는 실수지만 이를 그대로 지나치지 않고 수필화하는 작가의 의도가 엿보이는 대목이다. 수필이 그저 생활의 단순한 기록이 아니고, 작가가 천착한 '생활'이라는 일상에 옷을 입게 마련이라는 점이다.

① 살아온 세월이 얼마인데 옹졸한 마음으로 애를 태웠다니 얼핏 무안해진 나를 보았다. 나는 마치 누구한테 지청구라도 들은 것처럼 혼자 얼굴을 붉히며 끌끌 웃고 말았다. 하늘 아래 모든 생명체는 모두 당신의 피조물로 누구에게나 땅과 하늘, 빛과 공기와 물을 주셨다는 걸 잊은 것은 아닌데 왜 그리도 조바심을 했을까. 녀석은 아직까지는 다행히도 나에게 해를 끼치지는 안 했다. 놈의 기세등등한 몸짓에 어안이 벙벙했던 나는, 녀석의 우는 소리를 가슴으로 받아 안고 대상도 없는

그리움에 한껏 젖어 살았던 사춘기 시절을 떠올려 보며 세월의 덧없음을 절감했다.　　　　　　－〈불청객과의 동거〉에서

② 조용한 미소를 지은 얼굴 하나가 오버랩된다. 훤칠한 키에 유난히 가지런한 하얀 이를 드러낸 모습, 반 곱슬머리의 호남, 오래전에 내 곁을 떠난 남편의 얼굴이다. 놓치지 않으려고 눈을 감는다. 부드러운 촉감이 얼굴에 닿는다. 신비감이 온다. 이제는 잊은 줄 알았던 남편의 체취가 아닌가. 향기로움이 나를 감싼다. 황홀함이 나를 안는다. 그대로 폭 잠들고 싶다.
　얼마나 지났을까. 쏴 하는 바람소리에 눈을 떴다. 계수나무 잎사귀들이 후드득 내 얼굴에서 떨어져 날아간다. 팔랑이며 멀어져 가는 하트형 잎 하나, 심장을 닮은 계수나무 잎 하나.
　아, 당신이었군요….
　　　　　　　　　　　　　－〈계수나무 이파리 하나〉에서

③ 새내기 숙녀는 어느새 자기만의 틀을 차곡차곡 튼튼하게 쌓아 가는 중이었다. 그래 흐르는 시간 속에 넓고 깊이 있게 커 가며 슬기롭고 지혜로운 여인이 되어 가리라. 이제 나도 지금까지의 틀에서 과감히 벗어나 좀 더 열린 눈으로 멋진 새 틀을 만들어야 할 것만 같다.
　　　　　　　　　　　　　　　－〈그녀는 예쁘다〉에서

그 대상이 미물이든 인간이든 그런 건 화자에게 중요하지 않다. 대상이 나에게 다가오고 내가 그 대상에 대하여 어떤 감정을 갖는가가 중요하다. 이는 작가의 심미안과 유관하다. ①에서 화자는 미물에까지도 ②에서는 남편에 대한 추체험을 ③과 같은 손녀에게도, 화자의 관심은 닿아 있다. 이런 정서적 미감은 나이들 수록 더욱 애틋하고 정겹기 마련이다. 수필가 김현순의 이 같은 일상에의 사유는 그가 결 좋은 작가임을 보여준다.

이런 화자의 일상이 농축된 수필이 〈돌리도〉 일 것이다. 코로나 19라는 미증유의 전염병이 창궐하는 일상의 한계상황을 극복하고자 하는 화자의 목소리가 설득력을 지니고 있다.

때로는 힘들고 우울했던 소소한 날들이 얼마나 소중했던가. 많이 그립다. 내 가족, 아들딸들, 일곱 명이나 되는 손주들을, 만나면 행복한 많은 친구들 언제 자유롭게 만날 수 있을까? 나의 때 묻은 생활 속에서 만나고, 대화하고 웃고 싶다. 맛있는 음식이 있는 곳에 모두 모여 수다 떨던 친구들과도 어울리고 싶다. 더 늙기 전에 더 배우고 싶어 다니던 공부방들, 자연과 함께 마음대로 떠나고도 싶다. 그동안 얼마나 행복한 생활을 살았는지…. 코로나바이러스여, 어서 떠나가라. 미련 없이 떠나라. 돌리도, 돌리도.

-〈돌리도〉에서

하지만 이런 상황도 멀지 않아 이겨내지 않겠는가. 건강한 화자의 일상에서의 사유가 화자는 물론이려니와 독자에게도 위로와 위안의 전언이 되려니 싶다.

5. 나가며

이제 김현순의 수필집 ≪내 걸음은 연둣빛≫의 책장을 덮을 때가 되었다. 그의 수필집에서 전체적으로 느껴지는 감동은 잔잔한 인간미다. 음악과 문학 그리고 여행을 좋아하는 80년이란 사유의 샘에서 길어 올린 소박하지만 명경처럼 맑고도 시린 생명수 같은 작품들이 화자의 성정처럼 펼쳐져 있다. 그의 정서적 미감이 책장마다 반짝인다. '정물靜物이 전해주는 전언傳言' 그리고 '새로운 만남' 이 이 수필집을 통괄하고 있다. 독자에게 주는 감동의 메시지가 은은하게 울려 퍼진다. "좀처럼 붙잡기 힘든 인간 영혼의 은밀한 곳에 자리 잡은 미세한 풍경", 미셸 푸코Miche Paul Foucault의 존재 의미의 해석과 사물의 인식 그리고 작가의 실존 인식인 파토스적인 실존 인식이다.

헤라클레이토스는 "아무도 똑같은 강을 두 번 건너지는 못한다."라고 언명했다. 세계가 주목하지 않는 작품일지라도 우리가 그 작품에 담은 모든 것, 또는 제거해 낸 모든 것과의 완전한 조화 속에 울림을 일으킨다. 작가 김현순의 수필은 이런 지평 위에 있지 않나 싶다.

그가 짓는 ≪내 걸음은 연둣빛≫이란 성채城砦에는 우리들 삶에서 빛나는 시적인 순간들과 어두운 장면들이 아우라Aura 속에서 서로 마주친다. 어느 작품을 보아도 삶의 현장에서 추수한 소소한 일상들이 굴절되고 변용되어 있다. 작가의 심안을 관통하는 평범한 일상이 비범한 해석과 의미화를 통해 때론 독자에게 깊은 감동과 감화를 주고 있다.

그런가 하면 작가 김현순의 수필은 변신 뒤에 아픔이 존재하고 그 고통을 감내하며 매사를 긍정적으로 바라보는 화자의 시선이 독자를 사로잡는다. 화제가 비록 평범한 일상의 편린이지만 작품마다 작가의 따사로운 성정과 삶을 투시하는 예지가 돋보인다. 그런 연유로 그의 작품 세계에 빠지다 보면 우리는 어느덧 아름답던 지난날의 공간으로 인도되기도 하고, 때로는 가슴 아팠던 추억에 젖게 하며, 작가의 심안을 관통하는 평범한 일상이 비범한 해석과 의미화를 통해 때론 독자에게 깊은 감동과 감화를 준다.

끝으로 아직도 화자에겐 많은 일들이 작가에게 기다리고 있을 것이다. 그의 세 번째 수필집을 기대한다.

내 걸음은 연둣빛

1판 1쇄 발행 | 2020년 8월 25일

지은이 | 김현순
발행인 | 이선우
펴낸곳 | 도서출판 선우미디어
등록 | 1997. 8. 7 제305-2014-000020호
130-100 서울시 동대문구 장한로12길 40, 101동 203호
☎ 2272-3351, 3352 팩스: 2272-5540
sunwoome@hanmail.net
Printed in Korea ⓒ 2020. 김현순

값 13,000원

ISBN 978-89-5658-647-2 03810

김현순 수필집

내 걸음은

연둣빛